20世纪人文地理纪实 第二辑
主编: 杨镰

解放区晋察冀行

周而复/著　张颐青 杨镰/整理

Jiefangqu
Jinchajixing

中国青年出版社

（京）新登字083号

图书在版编目（CIP）数据

解放区晋察冀行/周而复著;张颐青,杨镰整理. —北京:中国青年出版社,2012.12

（20世纪人文地理纪实）

ISBN 978-7-5153-1230-9

Ⅰ.①解…　Ⅱ.①周…②张…③杨…　Ⅲ.①报告文学–中国–当代　Ⅳ.①I25

中国版本图书馆CIP数据核字（2012）第267810号

*

中国青年出版社 出版 发行

社址：北京东四12条21号　邮政编码：100708

网址：www.cyp.com.cn

编辑部电话:(010)57350511　门市部电话:(010)57350370

三河市世纪兴源印刷有限公司印刷　新华书店经销

*

675×975　1/16　9.5印张　2插页　109千字

2012年12月北京第1版　2012年12月河北第1次印刷

印数:1–5000册　定价:19.00 元

本图书如有印装质量问题,请凭购书发票与质检部联系调换

联系电话：(010)57350337

《20世纪人文地理纪实》

总　序

　　20世纪，是人类社会进展最快的世纪。20世纪的通行话语是"变革"。

　　就中国而言，自进入20世纪，1911年"辛亥革命"为延续数千年的中国封建王朝的谱系画上了句号，1919年"五四"运动，新文化普及，1921年中国共产党成立，为现代中国奠定了基础。20世纪前50年间，袁世凯"称帝"、溥仪重返紫禁城，北伐、长征、抗日战争……直至1949年中华人民共和国成立，新中国受到举世关注。此后，特别是从"文化大革命"到改革开放，这些历史事件亲历者的感受，深刻影响了一代又一代人。

　　20世纪是中国进入现代时期的关键的、不容忽视的转型期，以20世纪前半期为例，1900年，"八国联军"践踏中华文明，举国在抗议中反思；1901年，原来拒绝改良的清廷宣布执行新政；1906年，预备立宪……以世界背景而言，"十月革命"，两次"世界大战"，成立联合国……1911年到1949年，仅仅历时30多年，中国结束了封建社会，经历了半封建半殖民地到社会主义的巨大跨越。反思20世纪，政治取向曾被视为文明演进的门槛，"不是革命就是反革命"，不是红，就是黑，一度成为舆论导向，影响了大众思维。

　　无可否认，在现代社会，伴随社会的进步、发展，中华民族的民主、科学精神逐步深入人心的过程，是中国历史最具影响力的事件，是可持续发展的推动力、中国现代时期的鲜明特点。

《20世纪人文地理纪实》则为这一影响深远的历史过程，提供了真实生动的佐证。

20世纪的丰富出版物中，一定程度上因为政治意图与具体事件脱节，人文地理著作长期以来未能受到充分关注，然而文学、历史、政治、文化、语言、民族、宗教、地理学、边疆学、地缘政治……等学科，普遍受到了人文地理读物的影响，它们是解读20世纪民主、科学思维成为社会主流意识的通用"教材"。

人文地理纪实无异于在社会急剧变革过程进行的"国情调研"，进入20世纪的里程碑。没有这部分内容，20世纪前期——现代时期，会因缺失了细节，受到误解，直接导致对今天所取得的成就认识不足。

就学科进展而言，现代文学研究是最早进入社会科学研究前沿位置的学科之一，《20世纪人文地理纪实》则为现代文学家铺设了通向文学殿堂的台阶：论证了他们的代表性，以及他们引领时代风气的意义。

与中华文明史、中国文学史的漫长历程相比，从"辛亥革命"到中华人民共和国建立，30多年短如一瞬间，终结封建王朝世系，弘扬社会主义精神文明，是现代时期定位的标志。

"人文地理"，是以人的活动为关注对象。风光物态、环境变迁、文物古迹、地缘政治……作为文明进步的背景，构建了"人文地理"的学术负载与阅读空间。

关于这个新课题，第一步是搜集并选择作品，经过校订整理重新出版。民国年间，中国的出版业从传统的木刻、手抄，进入石印、铅印出版流程，出版物远比目前认为的（已知的）宽泛，《20世纪人文地理纪实》的编辑出版，为现代时期的社会发展提供了参照，树立了传之久远的丰碑。否则，经过时间的淘汰，难免流散失传，甚至面目全非。

《20世纪人文地理纪实》与旅游文学、乡土志书、散文笔记、家谱实录等读物的区别在于：

人文地理纪实穿越了历史发展脉络，记录出人的思维活动，人的得失成败。比如边疆，从东北到西北，没有在人文地理纪实之中读不到的盲区。21世纪，开发西部是中国现代化可持续发展的重要内容。开发西部并非始于今天，进入了现代时期便成为学术精英肩负的使命：从文化相对发达的中原前往相对落后的中西部，使中西部与政治文化中心共同享有中华民族的丰厚遗产，共同面对美好前景。通过《20世纪人文地理纪实》，我们与开拓者一路同行，走进中西部，分享他们的喜怒哀乐、分担他们的艰难困苦。感受文明、传承文明。源远流长的华夏文明与中华民族的文化，不会因岁月流逝、天灾人祸，而零落泯灭。

《20世纪人文地理纪实》是20世纪结束后，重返这一历史时期的高速路、立交桥。

走进晋察冀解放区

张颐青　杨　镰

熟悉当代文学的读者，主要是通过长篇小说《上海的早晨》认识了作家周而复。

周而复（1914—2004），原名周祖武，安徽旌德人，出生于南京。自幼爱好文学，中学时即在报刊发表短文、诗歌。1938年，毕业于上海光华大学英国文学系。同年，赴延安，曾任陕甘宁边区文化协会文学顾问委员会主任，1939年秋，参加十八集团军政治部文艺小组，在晋察冀边区从事文艺宣传工作，并以新华社特派员身份，到华北等地采访。在此期间通过实地见闻，写了《诺尔曼·白求恩断片》与《解放区晋察冀行》等报告文学。1942年冬，离开晋察冀边区，返回延安，1944年，周而复到重庆担任中央机关杂志、半月刊《群众》的编辑。此后，直到全国解放，一直在东北、华北、中南等地工作。1946—1949期间，在香港主编《北方文丛》。新中国成立后，长期在华东局、上海市担任宣传、文化部门的领导。2004年，以九十高龄去世于北京。

周而复一生创作颇丰盛，长篇小说《上海的早晨》《长城万里图》，中篇小说《白求恩大夫》等是现当代文学的代表作。《解放区晋察冀行》是周而复以"战地记者"身份采访的报告文学集，为及时反映现实、让世人了解解放区军民为抗战付出的流血牺牲和所取得的丰功伟绩，在抗日战争期间陆续发表，成为反映晋察冀边区实况的代表作。除《解放区晋察冀行》与《诺尔曼·白求恩断片》，周而复还有《东北横断面》《松花江上的风云》等报告文学。

尽管题材与体裁不同，报告文学《解放区晋察冀行》与《上海的早晨》等作品，同属周而复的代表作。

《解放区晋察冀行》是报告文学——"非虚构纪实文学"。全书通过作者所见所闻所感，反映了抗日期间晋察冀解放区军民不屈不挠、团结抗日的典型事例，揭露了日寇侵略华北，残害百姓血淋淋的暴行。通过《从村选看边区的民主生活》《在煤井里》《大生产运动》《劳动互助合作社》《新式家庭的成长》《人民有了文化》《乡村文艺》等章节，以及解放区农民的领路人胡顺义、农民家庭的主人李襄成等模范人物的经历，真实、可信地描绘了解放区（"晋察冀边区"）人民新生活的方方面面。这些曾发生在我们身边的生活细节，随时光流逝将逐渐被忘记，但在特定的时期（抗日战争到了相持阶段）、特定地点（晋察冀解放区）、通过特殊的表述方式（本来不见经传的"小人物"成为社会进步发展的动力），被周而复赋予人文地理的底色，起到了鼓舞民众，团结抗敌，宣传光明前途的作用，将长久保存在人们的记忆之中。

抗日战争期间，周而复借助自己的观察与理解，将在晋察冀解放区的见闻记录下来，期望能面对更广泛的读者，并且为这一历史过程保存了"实录"。时过70多年，《解放区晋察冀行》已经成为现代历史有关解放区的章节不能忽略的内容。

在今天来看，《解放区晋察冀行》不仅仅是激发人们的爱国情怀，不忘国耻的历史教材；也是反腐倡廉，教育党的干部做人民的公仆、人民的勤务员的勤政报告。作为一名"战地记者"，身在"突过封锁线"，"在煤井里"，"在据点间穿行"等艰苦危险境地，实地调查采访艰险万状，而解放区面貌日新，蒸蒸日上，为周而复"解放区晋察冀行"提供了足资对比的参照。

《解放区晋察冀行》全书共20章，并以《地道战》作附录。关于晋察冀边区的记述涉及：通信交通、封锁线、煤矿生产、税收、货币、"大生产"运动、边区政府（"地方性联合政府"）的组建、共产党国民党两党合作、街头剧、识字班与扫盲、聂荣臻将军业绩，与其相对照的是，日本军队暴行与"三光"政策……

作者反映的是晋察冀边区——抗日战争的主战场——的生活实录，这便是歌曲中咏唱的：

解放区的天是晴朗的天，

解放区的人民好喜欢。

解放区，是20世纪前期抗日战争、解放战争的历史存在。深刻影响了历史发展的走向，为中华人民共和国的建立打下坚实基础。战争期间，解放区的出现，始终与民主、民生、进步、发展一路同行。

《中国散文通典》①这样评述周而复的报告文学："（所作）擅长细致入微的人物心理描写，故事情节曲折紧张，文字质朴洗练，有浓郁的生活气息和扣人心弦的艺术力量。"作为周而复报告文学的精华，《解放区晋察冀行》的特点是处处体现出"现场感"："现场感"是作者与读者交流沟通的渠道。"现场感"缺失，报告文学便等同于各级机构的《工作总结》。

---

① 范培松主编《中国文学通典·散文通典》，719页。解放军文艺出版社1999年1月初版。

通过"现场感"，作者的感受、作者的眼界、作者的爱与恨……才淋漓尽致地宣泄出来。有了"现场感"，读者也走进了解放区。

《解放区晋察冀行》开篇第一章《突过封锁线》，描写了作者与二十三位要到解放区工作的干部同行，前往晋察冀边区的过程，一路惊险万状，当接近解放区时，"我的心急遽地跳动起来，恨不得一步就跨过这二百二十里左右阔的封锁面"。

在这一章，作者还写了"三任村长"的经历。这是向导讲的：

这个敌占区"爱护村"常有八路军通过，是村长招待和担任向导的，后经汉奸报告，敌人把愤怒都集中在第一任村长身上，把村长捆在电线杆上，三天三夜不给吃一点东西，然后叫他自己挖了一个坑，敌人砍了他的头，埋在坑里。敌人又指派了第二任村长，第二任村长依然抗日，而且很积极，敌人又捉去杀掉。现在带路的是第三任村长。知道这些情况后，作者坦率地问他："村长，前两任村长叫敌人杀了，你怕不？""怕什么？""你不怕敌人杀你？""怕什么？敌人再杀死我，有第四个人出来担任村长，还不是抗日，怕什么？死是为了抗日，也值得！"这等于全书的引言！

此后，作者写道："从这几句简单的话里，我体会出解放区那股不可战胜的人民力量，走在我旁边的，就是人民坚强性格象征的代表！"通过《解放区晋察冀行》，人民必胜的信念，就建立在这一坚实的基础之上。

第六章《人类公敌的暴行》，作者通过"血海深仇"、"暴行的自供"、"罪犯的名单"等节，列举了十恶不赦的日军残暴杀害老百姓的罪行，并且说："过去，我总觉得'吃人的魔王'不过是愤怒到了顶点时候说出的一句骂人名词，现在才清楚用在敌人身上是说明一件事实，而且还不能完全说出他残忍的面目来。"

《"东亚新秩序"写照》一章，作者写到凶残的日军制造的"无人区"。

……村里"所有的房子都被敌人烧了，只有村边的几间烧不掉的石窟，算是村里唯一残存的房屋。……村里只留下了十一个人，因为走不动，才留下来，……其中一个五岁的小子，叫狼吃了。""村子里除了他们这少许人以外，就没有任何生物，没有猫，没有猪，没有狗，连树林的鸟也很少，一到夜晚狼便成群结队地窜进村来，先前是贪婪地吃被敌人打死的尸体，吃完了，便跑到人家吃小孩，……"

"敌人统治不了这个地区，就残酷地造成了这样一个空前未有的无人区，把三十里一带的村庄送进了历史上少有的死亡饥饿荒凉的大灾难里。这就是敌人在中国建立的'东亚新秩序'。"

紧接着，作者对比着写到解放区人民的新生活，村里组织集体大开荒，妇女纺织、做鞋、搞副业……人民的精神面貌大变样，农民关心报纸上的新闻，他们的生活也上了《晋察冀日报》，读报已成了农民日常生活的一部分。村里人都组成了抗日组织青抗先、自卫队、妇女队……共产党八路军受到群众爱戴，解放区生活蒸蒸日上，在许多著作都有生动丰富的描写，《解放区晋察冀行》作为敌人残暴、血腥、灭绝人性的对照，给读者留下了深刻的、难以泯灭的印象。

中国晋察冀地区的民主意识、现代文化，就萌生、完善于艰苦卓绝的抗日战争。

作者专辟一章（第四章），记录了对文武双全的聂荣臻将军的专访，还介绍了《装备落后的八路军怎样战胜精锐的敌军》（第五章）的五个原因。这一章实际上是对上一章（第四章）的补充说明，是通过事实，解读聂荣臻将军的业绩。

借助郎家庄村长改选，《解放区晋察冀行》详细介绍了边区的民主生活。村长"像一个管家的仆人，向主人报告他的工作……主人——坐在广场上的一千一百二十五位选民，从各方面提出问题……"改选投票结束，区长将一叠选票交给新当选的村长，祝贺他们说："这就是你们的委任状，大家选的，你们要好好办事，不要辜负了大家的希望……"（第七章《从村选看边区的民主生活》）多么简单明确，多么诚恳朴实。

在晋察冀边区，以上内容已经不是新闻，是普遍的存在。村干部不脱离生产，"（村干部）的唯一报酬，就是替村里人事情办好了，大家的感谢。"

除了为人民服务的村干部，在第八章《人民的勤务员》，提到了河北赵县的陈县长（陈儒翁），"……县政府是在漫地里看水车的一间小屋子，陈县长在这儿办公，这就是县政府。""看水车的一间小屋子固然不像县政府，但团结了赵县全县人民，他是人民力量的动力站，它是由人民组成的全县总指挥部，人民的一切问题都来找陈县长，人民关心这间小屋子，爱这间小屋子，拥护这间小屋子，因为这间小屋子和小屋子里的人，给他们办事。"

而陈县长的日常生活则是：

身上常常揣着干粮，夏天还穿着棉衣，因没有单衣……一个人做好几个人的事，他自己说得好：在为人民服务的时候"县长是我，科长是我，秘书是我，交通跑腿也是我"。他想的只是怎样给老百姓多做点事，能够切实改善老百姓的生活。

——这是真正的"人民的勤务员"，以为人民服务为宗旨。后来这位陈县长在反扫荡中受了重伤，被敌人抓住，经过威逼劝降，他始终不肯为个人生死，出卖人民利益。敌人杀害了他。他留在民间的是无可比拟的"口碑"。

在解放区，作者采访了山西阳曲煤矿。

井下工人的生活相当艰苦，下井是坐在一个篓子里，"左脚站在篓子里，右脚在外边抵着，以免打转，那会发晕的，两只手抱着绳子"。作者一直下到100多丈的煤层底层，工人看见他，要求他讲讲当时的政局形势；同时他也了解到工人出煤、工资、生活情况。在边区普通工农百姓关心国家的前途，将自己的前途、命运与共产党、八路军视同一体，八路军来了以后，工人们有了自己的组织，生活有了保障，特别是看到了前景，极大提高了劳动生产的热情。

边区劳动英雄胡顺义，是周而复倾心描写的边区民众"带头人"。胡顺义带领全村人通过组织"变工队"，过上好生活的事迹，是晋察冀历史的一部分。胡顺义原本是边区普通群众，因为与群众一心，与时代同步，不但改善了村子的面貌，也改变了自己的一生。在抗日期间，胡顺义们就在作者身边，只有站在胡顺义们的立场看待社会的进步与国家、民族的前途，晋察冀边区才成为全国的范例。

作者在"无人区"采访时，因敌人把所有的房屋都烧了，只有在露天盖上油布，挡着露水和小雨宿营；最困难的是全村的饭锅都被敌人打坏，连热水都喝不到，只好吃自带的干粮（小米饭就咸菜），这些比起在据点间穿行，在封锁区、敌占区通过中遇到的危险不算什么。一次通过敌占区时，"我们的路，恰巧在他（敌人）重机枪有效射程以外一点点，子弹无力地落在胸脯附近"。在这种状况下写出的纪实文学所具有的人文精神，是作者成熟的标志。

读过《解放区晋察冀行》，使人从心里敬佩作者的敬业精神与宽广胸怀，随着作者被解放区新生活、新秩序所感染，读者也受到鼓舞与欣喜。使我们相伴重返战争年代既团结紧张又生动活泼的解放区，成为解放区普通民众之中的一员。

全书最后，作者周而复来到即将解放的北平，下一步就是将见闻发表出来，不辜负解放区群众的期待……

抗日战争胜利前夕结稿的附录《地道战》详细地写到了闻名中外的"地道战"，"这是人民游击战争中的斗争新形势，表现了大平原上人民光辉的创造力"。"地道战"有过许多报道，还有同名电影（故事片）。周而复关于"地道战"的文字生动感人，同样是来自在解放区亲身的体验。

周而复是中国现当代都有成就与影响的文学家。

周而复的作品，不论是小说还是散文（报告文学），都具备在宏观的历史背景之下叙事抒情，而且有生动细致的、符合时代特点的细节。在长达70年的创作生涯中，共发表、出版了1200万字的小说、散文、诗歌、戏剧、报告文学、杂文和文艺评论等。是中国现当代作家、文学艺术界领导人。长篇小说《长城万里图》荣获中宣部"五个一"工程奖，许多名篇被收入教科书，在各地出版并拍摄成影视作品。《解放区晋察冀行》成书于抗日战争胜利前夕，无论对于文学家周而复，对于现当代文学史，还是对于所涉及的晋察冀解放区的历史文化，都是传世之作。

周而复《解放区晋察冀行》1945年由上海书报杂志联合发行所初版，1949年6月再版。本次校订本依据的版本，是上海书报杂志联合发行所1949年6月再版本。

目录Contents

001~010

第一章　突过封锁线

1.

突过封锁线

在晋绥解放区的边境××庄，我们一行二十四个人，停留了三天。这二十四个人里面，有二十二个人，是由延安十八集团军总部派到晋察冀解放区工作的干部，我和黄君也是要到晋察冀解放区去的，就集中在一块，好一块儿过封锁线。

过封锁线的准备，我们早做好了。根据晋绥解放区八旅参谋长的意见（他在我们来到边境以前，对我们全体要过封锁线的人，作了一个报告），我们把每个人的行李，减少到最低限度，用秤称了，总共也不超过十二斤，因为我们身体很弱，又没有作战经验，再多了怕背不动。黄君带了一本硬面的《被开垦的处女地》和《联共党史》，这是他两本心爱的书，但怕过重，把硬封面都扯掉了，正文的天地也忍痛切掉了，他拿着这两本像是在装订房里还没装订好的书给我看，笑着说：

"轻多了，我怎么累也要带着它，死也不丢掉！"

我们每个人带了三斤干粮，是用晋绥解放区的特产物：莜麦炒熟的，装在一个白布的细长的干粮袋里。我们还带了四两盐，这是护送过路部队告诉我们的经验：在封锁线上和游击区，常常买不到盐，一个人没盐吃就没有劲啊。此外，我们还怕鞋子丢了，在鞋帮上缝了两个带子，在脚面上一拴，任怎么跑，鞋子也不好掉了。

吃过早饭，我和黄君两个人正在炕桌上看封锁线附近地图，和敌人占据村庄的名称，以免掉队错走进敌人的据点。支队部的通讯员来了，我们跳下炕来，围住他，知道他来了，一定有好消息。果然是支队长找我们去。

支队部就在离我们住处三十来步远的一座民房里，支队长住在左侧面的一个窑洞里，他给我们说："今天可以过路了。"

派一个连和县游击队，由支队部政治处张主任护送我们过去，马上吃饭就出发。我们听了这消息，是又高兴，又紧张，全都回来准备了。

晋绥解放区和晋察冀解放区，中间只隔着一条同蒲路的封锁线，但，现在把它叫做封锁线有点不恰当了，因为敌人的封锁，已从点线扩张成为面了，应该叫做封锁面。在敌人势力控制之下的封锁面，有二百二十里阔，一般的需要一天一夜突过，突不过，是很容易被敌人包围、追击……

吃完饭出发时，县游击队临时有更重要的任务，不能护送我们。改派八区区游击队和支队那个连送我们。这个区的游击队人数很少，只有八个人，火力也不强，全是步枪，而且，其中有一条枪常常卡子，打不响。支队部的那个连，并不满额，只有五十六个战斗员，有四个打摆子，还得留下；武器有两挺轻机枪，一个掷弹筒。我们对这样一支护送部队不免有点怀疑起来：它能够完成这个任务吗？

张主任却很有把握地给我们说：

"我保险把你们送过去，我送过三十四次，连这一次，三十五次了，一次也没有出过事。"他指着区游击队给我们说，"你们别看游击队火力不强，有了他们，过路更保险，你们看吧。"

他说得那么肯定和有把握，又不得不使我们这些没有经验的人，对他信任了。

沿着作为汾水和滹沱河分水岭的云中山脉的山峰而下，是一条盘山的狭道，狭道左边是深邃莫测的峡谷，密密杂杂地长满着松树、榆树、枣树……树梢上浮着一层烟似的轻雾，我们这一支八十二个人的轻便队伍，便在雾里悄悄地急行着。

下了云中山的山峰，下面是一条铺满了鸭蛋石的山沟，踏在上面，几个石头发出轧拼的清脆的音响。护送部队在上面走着，就如同走平坦的土地一样，我们这些人走起来就很吃力，慢下来了。走在我前面的黄君，一脚没踏稳，身子的平衡马上保持不住，差一点跌倒了，幸亏他手上有根手杖，支持住了。这一条山沟只有五里多地，我们却走了一小时，部队不时在前面等我们。

出了山沟，走了十多里路，已经快黄昏了，我们走到了××村。村口放着四桶开水，桶旁边围着许多老百姓在注视着我们。原来张主任派了侦察员先来，动员老乡烧好开水等我们。部队一进村，马上就停下来，大家吃晚饭。

所谓吃晚饭，就是吃干粮，我解开扣在皮带上的一个白磁缸子，把绕在脖子上的干粮袋的结子打开，倒了半缸子炒莜麦面，先前我以为这种炒面是不容易下肚的，现在走了五十多里地，又有点饿，又有点乏，吃起来竟然很香，吃完一缸子又是一缸子。

吃完了马上就走。前面是一条狭长的山谷，两边的山峰高耸着，使得谷里深沉而又有点寒冷。张主任指着两边的山头对我们说：

"山那边就是敌人的据点……"

我们听了，大家都紧张起来，好像什么突然事情会发生似的，脚步不由地都加快起来，但是张主任还是迈着均匀的步伐，一步步走去，很安然地说：

"不过，不要紧，上面有我们民兵的哨，敌人只要在村子里一集合，我们就会知道……"

我抬起头来一看：山上并没有哨。张主任大概察出我们的神情，接着给我解释道：

"这是隐蔽哨，下面看不见的，不然，不是被敌人发觉了吗？他们藏在山头上，经常移动的。"

大家紧张的心情又松弛下来，步子也就慢了。

矗立在四野的山峰轮廓逐渐模糊起来，暮色苍茫了。在我们左前方的山峰背后，升起一轮明月，放射出清冽的光辉，模糊了的山峰轮廓，又显出它明晰的身影。我们踏着皎洁的月光，顺着一条陡峭的山路爬上去，爬到半山腰，是一座二十多户人家的小村落，村口的斜坡上有一座小山神土地庙，庙前立着一个两个人抱不过来的大槐树，我们就在庙前的斜坡上休息下来。张主任站在我们面前，小声地说：

"……现在离同蒲路还有二十里地，一下了这座山，我们就要走进平原，过封锁线了。大家要注意，不要拉距离，不要掉队，不要说话，不要抽烟，要抽烟的同志，现在抽，用手把火光遮住，这个村就是敌人的爱护村，带牲口的同志，赶快喂牲口，前面就不能喂了……"

初听到这个村就是爱护村，没有到过解放区的后方同志，便都警惕起来，好像这个村的老百姓也和别的村不同的样子。经过张主任的解释，这个村表面上虽然是爱护村，实际上是抗日村政权，全村没有一个坏人，大家才又安心起来去准备。我和饲养员去招呼我那匹枣红色的蒙古马，解下鞍子上的料袋，把黑豆倒在庙旁的碾盘上，让它去吃，它今天一晚，也和我们一样，是够辛苦的，它背上驮着我的全部行李，有时候，我还得骑上它走哩！

有烟瘾的同志，这时都四散开来，躲在墙角落，用手盖着发火光的烟锅，拼命地一口口吸着。有的在喝水，有的在紧绑带……

月光透过槐树的枝丫间的空隙，照着斜坡上幢幢的人影，在悄悄地忙乱着。

张主任看大家已准备好了，便向站在他面前的这个村里的一个民兵问道：

"向导来了没有？"

"马上就来……"民兵的话还没说完，村里便有人答道：

"来了！"

走出来的是一个四十左右的中年农民，中等身材，有一脸络腮胡髭，颧骨很高，面孔轮廓明确而有棱角，一看就知道是个倔强的汉子。张主任看见他，走上来，拍拍他的肩说道：

"又是你去，村长，好，咱们走吧！"

队伍静静地穿过了山林，爬到山头，面前便展开漫无边际的原野，只是对面在烟雾渺茫中，占着月光，可以约略辨识出有模糊的山峰影子，那边就是晋察冀的解放区了。我的心急遽地跳动起来，恨不得一步就跨过这二百二十里左右阔的封锁面。

在前面带路的向导，是我们刚才休息的那个爱护村的第三任村长。这个爱护村，开始时敌人很信任，但后来汉奸报告，村里常常有八路军过，是村长招待和担任向导的。敌人便对这村怀疑起来，对这村的联络员每天到岗楼上去送信报平安，也就怀疑起来。因为联络员总报告没有八路军过。敌人把所有怀疑和愤怒都集中在第一任村长身上。一天，敌人侦察出又有八路军过，把村长叫去，问有无"红军"过路，村长说没有，敌人立时带着村长走到铁路边上，把村长捆在电线杆上，三天三夜不给吃一点东西，然后叫他自己在铁路边挖一个坑，挖好了，敌人就把他砍了头，埋在坑里。于是敌人又派了第二任村长，但是第二任村长依然抗日，而且很积极，敌人知道了，又捉去杀掉。现在跟我们带路的，便是第三任村长。当我知道这个故事以后，我赶到前面去，默默地跟他走了一段路，我发觉他是一个沉默果断而又勇敢的人。我们慢慢熟了，我坦率地问他：

"村长，前任两个村长叫敌人杀了，你怕不？"

"怕什么？"

这一句反问，倒把我问住了，我就老实告诉他："你不怕敌人杀你？"

"哦，怕什么，敌人再杀死我，有第四个人出来担任村长，还不是抗日，怕什么？死是为了抗日，也值得！"

从这几句简单的话里，我体会出解放区那股不可战胜的人民力量，走在我旁边的，就是人民坚强性格象征的代表！

队伍一走进平原，在村长的向导之下，便进入迷离的境地，简直是一个神秘的旅行：走了很久，没有经过一个村庄，尽走的小道、田塍、河边，有时竟从高粱地里穿行，这些地方，只有本村的人才会知道，外边的人不仅是走不进去，即使窜进去了，也一定走不出来的。但村长带着我们，走得头头是道，老是不进村子，平原上的村子却永远就在我们四周围。我们的脚步又是那么轻捷，呼吸是低沉的，咳嗽声也压到最低限度，所以没引起平原上的狗吠声。我们在这谜样的境地里穿行，如果不是借着月光和天上的星星，是一定不会辨出方向来了。

我们在一片高粱地里走了约莫二里多地，出了高粱地，横跨一条大车道，就进入一条田塍道，只有一尺来宽，两边是稻田，上面漫起五寸来深的水，月光照着它，像一片明镜似的。明镜上垂拂着疏疏的田塍上柳树的枝条。在这个小道上，人是可以走得过，牲口便有点勉强了。饲养员在前面小心地牵着，后面还有一个人拉着牲口的尾巴，万一掉下去，好立时拉起来，幸好我们这次过路，只有三匹牲口，都平安地走过了。

前面隆起一溜土坎子，不远便是一个村落。我们沿着土坎子的边沿，无声地走去，忽然爬到土坎子上面去展望的侦察员缩回头来，对张主任耳边说了两句，马上就叫大家就原地蹲下来。大家不知道什么事，便蹲下来。一会，土坎子上传来响亮的马蹄声，划破月夜的寂静，马蹄声慢慢远去而消逝了。张主任这才告诉我们：土坎子就是敌人汽车路的路基，刚才是敌人骑兵巡路队过去，所以我们停下来，让他们过去了，我们好过路。敌人虽然过去了，张主任还是谨慎地在公路桥上的两旁布置了两挺机枪，防备敌人回来。我们便在公路桥下，像一阵急风似的，冲过去，一口气走了三四里地。

一会，队伍慢了下来，前面传过来：

"向后传：后面都跟上了没有？"

"向前传：都跟上了，没有掉队的。"

一个个传过去，比较松散的队形，顿时紧凑起来。走了不一会，前面又传过来："马上就要过路，不要掉队！"大家心情紧张起来，一个跟着一个紧紧地走去。不远，同蒲路像一条长得无比的大刀似的，把平原切成两半，钢轨在月光下闪闪地发亮。铁轨上端站着两个端着枪的战士，他对我们说：

"快走，跟上队伍……"

我们几乎是踏着前面人的脚迹，一步也不落后的跟着走去，谁要是走慢一步，后面的人便催他："追上去。"

同蒲路的坚强的封锁线，便让我们这一支装备得很差的小部队突过来了。过了路没有三里地，送我们的村长对那一带便不熟习了，临回去时，他对张主任说：

"你们好好走，咱们回来见。"他一人回去了。

一过路，在封锁线上来往的八区游击队可活跃起来，他们像是村长在那边一样的熟习道路，带我们在各个小道上穿行，走上一片棒子地里，他指着远远的透着一点灯光的村落对我们说：

"那就是敌人的据点，离我们不到三里地。"旋即他又补上一句，"不要紧，敌人不敢出来的，他经常吃我们的亏！"

在平原上，我们悄悄地急行着。

走到平原的尽头，矗立在前面的是一座座山峦，几度紧张之后，腿已经乏了，一听说要上山，腿更觉得乏了，但又想马上就到了山顶，又想休息，这是一个矛盾。体力上要求休息，环境却要求上山，一上山就比较安全了。有的掉队，有的坐在路边走不动了。

张主任叫战斗部队在前面休息下来，等零零落落掉队的人走拢来，他说：

"现在还是在敌人的势力范围之下，随时可以包围我们，同志们上了山，再好好休息……"

大家振作起来，走进山沟，向山上走去。一进沟，迎面袭来夜晚的寒风,一冷,倒反而精神抖擞起来,步子也快了。后面有几个体质孱弱的同志,实在走不动了,我们的马便让他们骑,有的就抓着马尾,借马的力量,一步步上去。

上山的路,越走越暗,终于几乎辨不清了,张主任传下话来,叫我们一个拉着一个走,脚下已逐渐从黑暗中发起白来,天快亮了。

上了山又走了约莫二十里远近,一向沉默的护送部队有了谈话的声音,并且发出愉快的歌声。我们在半山腰的一座村庄停了下来,张主任跑过来,笑嘻嘻地对我们说:

"同志们,平安地过来了!"

这时已近中午,将近一天一宿,我们突过了二百二十里阔的封锁面,没有一点意外发生。张主任催我们打水洗脚,好好休息,吃了饭,睡一觉,还得走,要经过四五十里地的"无人区",才能够到达晋察冀解放区哩!

011~014

第二章 "东亚新秩序"写照

2.

"东亚新秩序" 写照

在一条广阔的山谷里，我们踏着嶙峋的石子，在前进着。

虽然是在白天，但很奇怪，一路上竟然没碰见一个行人。难道是我们出发太早了吗？或者是附近没有村庄吗？我仰起头来看：四面全是山，山里有错落的树林，山里传来潺潺的泉水声，这是唯一的声音，连飞鸟的叫声也听不见。在我们前面约莫二三里光景，就有一个相当大的村落。

待我走到村口时，依然看不见一个人。

这个村正在大路中间，我们从村中间的一条大路走过去，村子里死寂得如同墓道一般。我们听不到一丝儿音响，正街上竟然长了一尺多高的荒蒿，正街的房屋，没有一家是完整的，完全被敌人烧坏了，只留下一张张如帆似的坏墙壁，抵抗着阵阵袭来的山风。

我很想停下来看看，因为这是"无人区"，离敌人据点很近的，队伍要前进，不可能停下来。

在荒凉的山野里行进，一路上，连一个可以问路的人也没有，幸好我们带了一份十万分之一的军用地图。上面很详细地画出我们要去的路线。偶尔听到远远传来一两声脚步声，快接近时，这脚音便仓皇地消逝了。有时，也看到山那边有一两个人过来，但不等到接近我们，便飞也似的走了。好像恐惧什么似的。

为什么呢？

我不懂得。我们在路上，甚至想烧点水喝也不可能。一路上的庄稼地都荒芜了。到处是半人多高的蒿草，仿佛走进了原始的山林，一切的事物都以它自然状态生长着。

幸好这无人区只有五十来里地，到黄昏时分，我们终于宿营了，停留在孟县境地离牛道岭十八里的王家庄。在这个村子里，我们开始看到了人，不过还是很少，只一两个，一问，原来还是属于敌人制造的"无人区"。

　　虽然这个村子原先有五六十户，但是所有的房子都叫敌人给烧了，只有村边的几间烧不掉的石窑，算是村里唯一残存的房屋。一路上被我们曾经称道过办事有能力的人，到这个村里来筹划烧水做饭找房子却感到无能了。

　　首先是没有房子，我们决定露营，用油布盖在身上，露水和小雨都不怕了。水还好办，村边就有一条泉流，最困难的是锅，全村的六十户人家，锅全被敌人打破了，只留下了三口——这是村里人，当敌人来时带到地里去，坚壁起来，敌人退去才又带回来的。现在还是每天随身带到地里，回来做饭时带回来。我们只好待老百姓做完了饭我们再做。

　　趁着这个空闲，我和黄君两个人到村里走走，全村原来的人口是二百九十四口人，在敌人的放火队几次到这一带烧杀之后，绝大部分的人都逃亡了，大部分逃到解放区去，一小部分的人又四散到山沟里搭窝铺，不敢回来了。

　　现在村里只留下了十一个人，刚才我们进村时所看到两个，是方从山沟里下来，看看村里的情况，敌人来了没有。这十一个人，我都在村边的那几间的石窑里看见了。石窑门口，依然是冷清清的，只偶尔从窑里透出低微的叹息声，像游丝似的，断断续续。窑门前挂着一付草帘，我打开帘子伸进头去，里面顿时冲出一股难以言状的臭气，叹息声更高了。外窑黑洞洞的，地上杂乱地铺了一地的草，大概就是临时的床铺了。里窑里有四个大人和三个孩子，都聚集在炕上，四个大人就有两个女的躺在炕上生病，叹息声就是他们发出来的。剩下两个大人，其中一个是瞎子，另一个虽然没病，但身体的健康已到了最坏的程度。三个小孩一律围在炕边，浑身泥黑，菜黄的脸上闪着两只没有光芒的眼睛。见我和黄君进去，小孩子显得恐惧，大人却表现得意外的恭敬和奉迎。我很奇怪，后来才知道，因为遭受敌人的灾害太多了，以为我们是敌人。当他们知道我们是八路军时，大人和孩子都惊奇地围拢来，连炕上的病人也吃力地翻过身来望着我们，凄惨地说：

"你们可来了啊！"

"你看，鬼子把咱们村子糟蹋成个什么样子了！"

我看见他们的眼眶里溢出了泪水，躺在炕上的一个老太太说：

"我们一家八口，走不动啊……"

"你们还有一个人呢？"我看窑里只有七个人，便问他们。

"还有一个小子，五岁，叫狼吃了。"

全家人都沉入到深沉的悲哀里去了。

村子里除了他们这少许人以外，就没有任何生物，没有猫，没有猪，没有狗，连树林的鸟也很少，一到夜晚狼便成群结队地窜进村来，先前是贪婪地吃被敌人打死的尸体，吃完了，便跑进人家吃小孩，三个月来村里被狼吃去了三个小孩，他家的就是其中之一。

敌人统治不了这个地区，就残酷地造成了这样一个空前未有的无人区，把三十里一带的村庄送进了历史上少有的死亡饥饿荒凉的大灾难里。这就是敌人在中国建立的"东亚新秩序"。

这里地区离解放区较近，政府已派人开始调查设法救济了。

015~020

第三章　人民新生活的姿态

3.

人民新生活的姿态

一走进平山县祁家庄，就有一种新鲜的印象。我仔细想想，这新鲜的印象怎么形成的呢？

我们一进村，我的马便被村口的一个儿童团的儿童拉住了，他虽然顶多也不过十一岁，可是老练的很，抓着缰绳，问我：

"同志！路条呢？"

我们把护照递给他看，他并不看，旋即交给他旁边的另一个孩子，那小孩飞也似的进村找人看去了。一会回来，把护照交给我们，说：

"对不起，同志，耽误你们走路了。"

他还用小手放在额角上向我们全体敬了一个礼。走进村里，人们都很忙碌的样子，但精神很饱满，脸上很红润，而街道也出奇地清洁，绝对使人们不相信这是在敌后战争环境下的一个村庄。当然墙壁上是有着大字的抗战标语，有几家房子已给敌人烧坏了，这是唯一可看到的战争痕迹。一个中年农民从对面走来，见了我们，说：

"同志们，辛苦了，歇歇吧。"他过来牵了我们的三匹牲口去蹓，一边说："你们在村里歇会吧。"

他拉着马在街上给我们蹓了起来。这时，从侧面又走过来一个青年农民，他问我们喝水不，这是我们所迫切需要的，他领我们到村公所去，顿时提出两壶开水来给我们喝。

当村长知道我们今天不走了，要住下，他派了一个人出去，两袋烟的工夫，那个人回来，说是房子找好了。他领我们去，在附近几家，给我们找了六间很清洁的房子，连喂牲口的地方也有了，就在院子里有个牲口圈。

一会，米、菜、油、盐……按照我们人数的需要都送来了。我们简直像回到自己家里一样的舒适，村里的人如同就是我们兄弟姊妹一样的对待我们，仿佛早就知道我们要来，一切都事先布置好的。其实不然，因为村里经常有军队过往，村公所有交际委员，料理一切，这样就减少了军人路上的麻烦。

领队的说明天在这个村休息一天，饭也还没做好，我们行军以来，在封锁线上很少脱衣服睡，而何况又是许多人挤在一条炕上，每个人毫无例外地都生了蚤子，这时洗了澡都换下衣服自己在洗，洗完了，用开水一烫，有的就在锅上一蒸，把蚤子肃清了，身上也感到无限的轻松和快适。

吃过饭，天已黑尽，大家都躺到炕上，脱掉衣服，准备舒舒服服睡一觉了。——我们有好几天没有舒服睡觉了。

我刚躺到炕上，就听见墙上有规律地起落着许多人的脚步，一会正步走，一会又在开步，然后就听见雄壮的喊声：

"一——二——三——四——"

这喊声使我很奇怪，天已黑尽，谁在村里喊呢？越想越不通，从炕上爬起来，披上衣服，好奇地走出去。

原来是村里自卫队员，白天里生产，晚上睡觉以前，就操练一个多小时。几十个人在打谷场上，有规律地齐整地操练着。

解放区有三件大事：第一是战争，第二是生产，第三是教育。所有的人都卷入这个浪潮里去了。

我回来的路上，碰见一个自卫队员，手里拿着雪亮的大刀到村口站岗去了。——白天是儿童团，晚上是自卫团放哨。

躺到炕上，一觉醒来，村子里充满了一片锣声，一会，村里儿童组织的"督促早起队"来了，他催促我们房东快点起来，下地做活。刚才打锣，就是叫村里人们起床的，如果还不起来，儿童就来督促了。我也连忙穿起衣服，走到门外去看：家家户户的门里走出青年、壮年、老年的人来，肩上掮着锄头，一个个集拢来，渐渐成了一队，向村外走去。

这是村里祁才荣所领导的变工互助的集体的大开荒队，一共四十二个人，他们已开了生荒三百多亩，共用了七百三十一个工，并且全部播了种。全村四百九十多亩熟地，全部耕完，二百五十多亩谷子、山药蛋也播了种。

不仅在田里劳动上他们组织了起来，即连牲畜也组织起来，全村八百多只羊和五十多头牛和二十几个骡子都组织起来，大家轮流放，供不起饭的人家，由村里生产委员会和村合作社解决，秋天偿付。原来一家有一只羊一头牛要派人去放，现在所有的集中起来，只要四个人就够了，可以节省出很多的劳动力。

村里青壮年的男子都下地去了，我回到家里，看见房东家里的妇女，她们忙过早饭，现在已坐在纺车旁边，在纺线了。现在全村已经买了三十多付纺车，还不够，不过合作社和集市上的纺车供应不过来，只好慢慢补上。有许多妇女不会纺的，就跟会的学。此外妇女还把空余的时间挤出来，养猪养鸡，每个妇女也和男子们一样，都做了个人的生产计划——除了养猪养鸡以外，还要做鞋子卖，给机关部队磨面（机关部队送麦子来磨面，不单麸子给磨的人，另外还要分红，利钱很大），种树，参加农业劳动（平均每人每月大概参加六天的样子）……全村计划种桃树、杏树各三千株，胡桃树一千株，孵三百只小鸡，养五十口猪，现在已买了二十九口了。

我发现这村子里没有一个不生产的人。

如果因为生活困难，不能生产，怎么办呢？

村合作社发放贷粮，全村人们又动员了五石六斗贷粮，在附近的××支队政治部也买了四石粮食送来贷给贫苦人家。这样，生活问题解决了，就能参加劳动，生产了以后，生活问题自然解决，而且改善了。全村最穷的董荣和家，借了贷粮，参加开荒队，把自己七亩地种上了，生活也有保障。

生活改善之后，人们自然就会注意到卫生工作。大人小孩都穿上新衣服，旧衣服也常洗了，吃饭碗筷都洗得干干净净，小孩子也每天洗脸了，厕所、猪圈都收拾得很干净，墙上都用白灰粉了。村里人自动地每三天打扫一次，并且村里有个卫生检查委员，三天检查一次清洁，所以村里的街道那样干净啊。

中午，开荒队从地里回来，各人回去吃饭，约莫不到一小时，村里又响起锣声，人们三三两两地向村里的小庙前走去。一个大核桃树下，聚集了三十多个人。我也走了过去，人群当中一个人站了起来，他是村里的小学教员，手里拿着一张《晋察冀日报》，在给他们读报。报上正好登了一条新闻，说是"平山祁家庄的人民组织起来了"。教员就把这一段消息读给他们听，顿时人群里便浮出来愉快的笑声：

"咱们的事也上了报了。"

"可要好好干，全边区都知道咱们了。"

"咱们要组织得更好，和牛各庄比赛。"

从来和农民不发生关系的报纸，现在他们的生活却成了报纸上的重要新闻，这是翻天覆地的一个大变动啊。人民和报纸有了血肉关系，他们从报纸上得到许多农业上的知识，全边区生产经验的交流，人民的成长……读报已开始成为他们日常生活之一了。有的人，很忙的时候，也不忘记去听读报，不听听报上的事，仿佛生活中缺少一点什么的，不能好好安心去休息。

读完报，他们回家去歇晌，然后又下地里，从事劳动了。当太阳偏西，他们结队回来，从远远的田地里，唱着歌，愉快地欢呼着。掮着锄头，慢慢走回来。羊儿、牛儿……也从山上地里回来，把村里一条正街塞得满满的了。每一只羊每一头牛，都很熟习自己主人的住处，走到自家门口，便自动地进去了。

晚上，按照各人的编制，青抗先、自卫队、妇女队……都到自己的队伍集合处，又开始操练了。

多么活泼愉快的战时生活啊！

这是我有生以来，第一次看到的人民新生活的姿态，不仅是我一个人吧，我们同行的人都这样感觉。黄君看得在人群面前竟然发愣了，他忘记回去睡觉，我们明天还得赶路哩。

三天之后的夜晚，我们到了晋察冀军区政治部。

021~031

第四章　聂荣臻将军

4.

聂荣臻将军

到晋察冀军区政治部第二天早晨，我去何家庄访晋察冀军区司令员聂荣臻将军。

政治部在稻园村，离司令部五里地，骑上马，一会便到了。

聂荣臻将军是一个智识份子出身的军人，是一位儒将。一八九九年他出身于四川江津的小地主家里，过二十岁那年，在四川一个旧制中学毕业，正逢着"五四"运动，像一阵狂风似的，席卷了中国的大陆，新思潮从黄河流域而长江，一直流到天府之国的四川。年青的聂荣臻，挺身而出，迎接了新思潮，参加了这一划时代的运动，并且组织川中学生，研究新思想，献身于爱国运动。受了新思潮洗礼的聂荣臻，抱负着当时自由主义的实业救国的思想，一九一九年，他参加了留法勤工俭学运动。冬天到了法国，半工半读，开初是进入一个树胶工厂，后来进法国最大的史乃德军火工厂，进比利时劳动大学学习化学。回到巴黎，又进雷乐汽车工厂和托曼松电气工厂做工。当一九二〇年，他在比利时劳动大学读书的时候，完成了他的志愿！他决心学习化学，求得实用的科学知识来挽救这腐朽的中国。

固然他在中学时代，受了《新青年》杂志所介绍的社会主义思潮的影响很深，把他从严复译的赫胥黎《天演论》所受的思想影响，向前推进了一步，可是实业救国的思想还是吸引着他。

但等到留法同学开始组织社会主义青年团的时候，他从实业救国的思想转到实际的政治军事斗争方面来了，特别是对军事上战略战术的研究，吸引了他更多的注意。

当德国在一九二三年，革命运动高涨的时候，二十四岁的聂荣臻，从巴黎到了柏林，和德国革命党人手挽着手，在人民当中，高唱着国际歌在柏林的街道上前进。他从这一个运动当中，吸收了许多斗争的经验。

一九二四年，他被旅欧区党的委员会派到莫斯科学习。他从巴黎到了莫斯科，进了东方大学和党的军事学校，这更使他对军事方面，有了进一步的深造。

他在一九二五年夏季回到中国，担任广东黄埔军官学校政治部秘书和政治教官。一九二六年三月二十日事变，他被拘留在中山舰，脱险之后，担任中共广东省军委工作。之后，就跟从北伐军出动，直到武汉。马日事变之后，被派到九江组织前敌军委，以十一军党代表的资格，参加领导著名的南昌起义，后来又领导广州起义，直到他在一九三一年从中央军委调进江西，他始终没离开过武装斗争工作。

抗战以后，红军改编为第十八集团军，他是——五师的副师长兼政治委员，正师长是林彪将军。一九三七年秋天，他到了五台山。这时候，敌人陷平津，下南口，占归绥，进大同，大军蜂拥而到，在叩雁门关了。聂荣臻将军和林彪将军，率领——五师战士，进入雁门关以西阵地，敌人所向无敌的最精锐的板垣师团，遭受到聂林两将军严重的一击，这就是举世所知的平型关战斗。

八路军总部和——五师主力，奉命驰援太原娘子关一带的危急形势，聂荣臻将军被任命留守五台，深入晋绥冀内外长城线之间的广大敌后地区，广泛开展游击战争，建立抗日根据地。虽然他手下只留有一个兵团不满额的两个连以及一个骑兵营，在他英明领导之下，终于开辟了抗日根据地，解放了无数的村镇和县城。

十一月七日，晋察冀军区成立了，他是司令员。

当我走进司令部时他在会客室里接见了我。

他穿着一身草绿色的军服，马裤，脚上穿着一双草绿色的布底圆口鞋，扣着风纪扣，左胸袋的上端挂着第十八集团军的圆徽章，给人一种整洁朴素的感觉。他的两眼炯炯有神，特别是注视事物的时候，更显出那股锐利而又谨严的光芒，在两个高耸的颧骨之间，是一条隆起的有点突出的鼻子，嘴很宽阔，脸却消瘦。他给我最初的印象是一个谨严，寡言笑，没有感情的人，甚至使人觉得很不容易接近他，因为他老是那样冷冷的，嘴像是永远在闭着，即使给你讲两句话，旋即就又闭拢了，在凝神地审视着你。他讲话，处理事情，仿佛都早就有了准备，老是那样的按部就班，显得安详而又舒徐，即使在战争最激烈的时候，即使突然发生什么重大意外事件的时候，他脸上也不会显出一丝的紧张和忙乱的痕迹。在他那里，什么事都像有一定的位置，一定的步骤，一定的处理方法，使你信任他。

这个最初的印象，大体上虽然可以说是差不多，但不一定是完全对的。

在以后和他相处的时日里，从我所见到的，所听到的，所知道的，有些印象是要加以修正的。

首先他是一个热情的人，不过不轻易表现在外表上，在他的严肃的外表里却满蕴着丰满的感情，他的眼光里就充满了慈爱和情感，他对军区每一个指战员有深厚的情感，关心他们的生活工作，关心他们每一件事，就像是父亲关怀他的亲生子女一样，战士们常给家属说：

"我们聂司令员他忙得很，……可常给我们说话，教我们的事情可多哩。"而聂司令员自己也说："离开了他们（指战士），我就感到不安和孤寂。"当他接到诺尔曼·白求恩的遗书时，他更掩盖不了他那燃烧着的感情：他看完了头两行，眼泪便忍不住流下来了。这时他正在唐县，南关的纪念军区成立二周年的大会场上，他顿时离开主席台，一个人走到远远的树下，低垂着头，用手帕掩着脸，嘤嘤地哭泣了。

他对人民更是充满了热爱。当一九三九年整个军区遭逢那数十年来罕有的大水灾时，他焦心积虑地在设法把人民从水灾的窘困里挽救出来，他遂发表了谈话：

"……政府应拨款切实救济，调剂食粮、种子、挽救夏耕，尽力进行河防工作，全体同胞要高度发扬民族友爱互助的优良传统，同甘苦，共患难，共存亡……"

全边区于是掀起救灾的浪潮。人民在政府和军队的帮助之下，渡过了严重的春荒。

如果从他参加革命二十多年的历程上看，他对人民大众的事业更是有着无比的忠诚的热爱，一种炽热的感情，贯穿在他整个的战斗生活里。

寡言笑，也不确实的。应该说是不苟言笑，他的一举一动都有分寸，一言一笑也有分寸。当他指挥大军消灭敌人的时候，他的脸上常常露出笑容，甚至放声大笑。一九三八年冬季他指挥部队向敌人的围攻，当他从电话里知道各路敌人击溃，五台敌人亦有撤退模样，他就发令："五台这股敌人，一夜行程深入到高洪口，一定要打掉它！叫窑头的部队今天黄昏前，赶到河口设伏，等敌人退回去的时候，坚决消灭他！"

第二天正午，他和大家正在院子里吃午饭，捷报来了：

"河口战斗我军跑步赶到指定地区，设伏完毕，敌已退至，我将敌全数歼灭，缴获甚多。"

他马上放下筷子，仰面大笑了。

然而他并不是满足于自己的胜利而笑，更不是因胜利而忘记战斗任务。全边区把敌人打退以后，各地涌起了祝贺的欢呼，千万个声音向着聂荣臻将军高呼。他通过欢迎的行列进入解放了的阜平城，在一个晚会上他说：

"敌人吃了一次亏，总要来报复一下的。敌人是很讲面子的，丢一次脸，它是要恼羞成怒的！"说完话，他恣情的笑了，不过一会又恢复那谨严的表情，准备下一步工作了。

他不但不是寡言笑，而且是很有风趣，谈吐很幽默的人。晋察冀是敌人的心腹之患，桑木师团长在东京的师团长会议上就说：

"不肃清山地'匪军'，要想明朗华北，是很困难的。"

但是一些少不更事的年青法西斯军人，却梦想肃清山地，敌酋田中部队长，探知道军区后方勤务和抗日大学是设在灵寿县陈庄镇一带，他率领了精锐部队千余，企图参观"红军大学"——即指抗日大学而言，并且写了一封信给聂荣臻，这书信迟到了。敌人在陈庄南山一带找到了自己的坟墓，八百多敌人无言地倒在山下了；仓惶逃逸的敌人，连尸首也来不及带走，只割下了八百多只左手，企图带走，烧成骨灰，带回国去，做所谓"无言的凯旋"。后来狼狈地只顾逃命，连八百多只左手也没带回去。

战后，聂司令到了陈庄，这时他才得到田中部队长所写给他的那封信，他看完了那封"亲启"信，便咯咯笑了。原来是田中部队长邀约他在陈庄会师，要他"和平合作"的"招降书"，他旋即敛去笑容，对四处的人说：

　　"可惜得很，我现在到陈庄，已经看不见田中部队的官兵了，我只看见他倒躺在战场上的累累的尸骨，凭吊一番而已！"

　　他虽然笑，也是很矜持的；虽然幽默，也是很庄严的。你在他面前，永远感觉得他是一个长者，和他在一块，仿佛天下什么了不起的大事，都不值得惊奇，可以应付得绰绰有余，办得有条有理，一切事件的发展似乎都在他的意料之中。难怪得在他部下的指战员，既敬畏他，也信任他，更是爱他。曾经在他指挥下战斗了十多年的老指挥员，甚而至于是很调皮的，但是聂司令员一说话，或者是他的命令一来，那就谁也没有话说，剩下来的只是：

　　"行动！"

　　因为无数次的战斗经验证明聂的意见和指挥是英明而又正确的。

　　甚至在最危险的时候，大家只要看见有聂司令员在，即连最胆小的人也会放心的。因为即使在战斗最险恶的时候，司令部距离敌人只有几里地，他还是很安详的，不动声色，从他表情上看，你甚至会以为附近没有敌人的，他就有这样过人的胆量。自然，单有过人的胆量是不够的，他还有过人的智慧。记得一九三九年冬天，我跟随着他参加反扫荡战役，当军区司令部通过了唐河，进入到南北清醒村一带时，敌人永远给我们保持了二十里左右的距离，我们前进，敌人前进；我们休息宿营，敌人休息宿营；到后来，敌人只离我们十里地左右，因为摸不清我们的实力，不敢贸然下手。而我们的行动，无形之中，被敌人监视住了。这时聂荣臻将军很安定地在地图面前审视路线，最后他命令一部分武装部队浩浩荡荡公开宣称向大路到刘家台去，其余的部队也向刘家台方向走去，可是走到半路上就封锁住消息，所有的部队都在途中往白沙村转折入一条狭小的山谷，这是一条绝路，如果敌人在两头一封锁，那所有的生命都死在敌人手中了，敌人绝想不到聂的司令部会走入这条山谷的。跟随我们后面的敌人部队，果然给我们武装部队引到刘家台去了。敌人到了刘家台，很惊奇为什么到了刘家台，八路军就没有了呢？八路军就在他后面，而且袭击上来了。

过人的胆量加上过人的智慧，等于胜利。

这样，跟着聂司令员打仗，谁会还有一点点不信任他吗？

他不仅仅是个英明的军人，而且是一个出色的文人。虽然他并不曾写文章，但如果他动笔写文章，字里行间，便充满了一种艺术的深厚的煽动力量，使读者读了之后，永远不易忘记，从影响了你的思想起，一直会贯穿到你的行动中去。他自己房子里有一个活动的白木书橱，里面有条有理地放着他精读的书，他对马列主义理论与实践的研究，有独到的地方。对一般艺术作品，他也有深湛的爱好。他不但自己这样，而且把艺术工作放在军队政治工作中的一个重要位置上，他说：

"文化生活是一个革命军队所不可缺少的，它不是军队的装饰品，而是活的力量。军队需要有战斗力量，就一定需要文化。"

同样的，他对广大人民的文化，也赋予极大的注意，他说：

"现在，根据地建设的条件更进一步需要我们解决广大人民的文化食粮的问题。我们的人要吃饭，这是首先要解决的；枪炮要有弹药去喂它，这是第二件要解决的大事！现在进一步要讲到人的脑子，要用大量的文化食粮去喂它。"

他指出并且强调艺术最紧密地服从于一定的政治斗争目标，把艺术作为政治工作的武器，他这样以为，也这样在广阔的解放区上，展开了人民的文化运动。这是我过去所不曾见过的，文化是从劳动者群中产生的，但是现在文化和劳动者群是多么遥远啊。在新的地区，文化又回劳动者的手中了。

他是个军人，是个文人，又是边区的家长。

如果说边区是个大家庭，那他便是这个家庭的家长，他如家长爱护每一个子女，每一个指战员又如子女一样的尊敬他们的家长。

在孩子面前，他就显得年青了。他一和孩子接近，他底脸上就不断地浮上笑容，天真地和孩子在一块玩笑。甚至是敌人的孩子，他也一样的爱护。记得在百团大战时，部队在井陉煤矿俘获了两个日本女孩，母亲在炮火下死了，父亲受伤，医治无效，也死了。两个女孩送到前方司令部来，他亲自拿糖给女孩子吃，说：

"小娃娃，不要怕，吃这个糖，甜的很。"

女孩子在父亲般的慈爱中接受了糖，像回到家里似的，一点也不怕。第二天聂司令员写了一封信，派人把两个日本女孩子送到敌人的据点里去了。这件小事，曾深深打动了敌伪的良心。他说：

"敌人虽然残忍地杀害了我们无数同胞和儿童，但我们决不能伤害这些无辜的孩子和日本人民！"

他对敌友的界限是何等分明，他对人民的爱是如何的强烈啊！

晋察冀在他的抚育下，一天天成长起来，解放了辽阔的土地，改善了人民生活，建立了人民的政权和人民的军队，带着徒手的人民去打扫战场，缴获敌人的武器，来武装自己，自己又建立了小规模的兵工厂，修理武器，制造武器，我曾经看到军区兵工厂制造的步枪，战士们都欢喜使用，因为这自己造的步枪，那火力，那射程，竟然等于捷克式的。

美国大使馆武官参赞，卡尔逊先生参观了边区之后，他说：

"我实在觉得惊奇，在四面被包围的敌人后方，能够办这么多的事情，我从未见过，……第一次欧战，我在德军后方，啊，那是决不能与你们相比的。"的确的，谁能够走到边区，而不惊奇呢！他在这地区，虽然被广大人民所爱戴，被广大的战士所拥护，但是敌人是很恨他的。从敌人每一次扫荡时所散发的传单上，就可以看出敌人是怎样的痛恨他的。传单上说：

"聂荣臻业已阵亡！"

"聂荣臻病重垂危！"

"聂荣臻，只身逃亡延安。"

他看到这些传单笑了：

"可惜我没有飞机，敌人也会知道，我还是靠着两条腿走路呀！告诉敌人，我始终和他保持着最亲密的接触。"

敌人也知道他们经常在被聂司令员所指挥的部队打击着。

越被敌人痛恨的人，就越被人民所爱戴。

聂荣臻将军和他首创起来的晋察冀解放区，成为抗战中华北的一个坚强堡垒，解放了华北一千二百万人民，他把祖国的旗帜一直插到北平近郊，伪"满"的边境……日本无条件投降后，这个坚强堡垒成为解救华北人民的前进基地，聂荣臻将军指挥着燕赵健儿，在广阔的战线上，向敌占区反攻，解放了张家口，解放了平山，解放了天津西北六十里的杨村车站……大军向敌人的心脏地区挺进……聂荣臻是晋察冀人民的太阳，他的光芒照耀着解放区。

我在会客室里和聂司令员纵谈了将近一小时，最后他很关心地问我后方的文化情形，我很惭愧，我们做文化工作的人，面对着这样一位根据地的创造者，我们在文化岗位上的努力情形，有什么值得一提的呢？

隔壁屋子他还有客人，我便辞了出来，准备回到政治部去。

032~042

第五章 装备落后的八路军怎样战胜精锐的敌军?

5.

装备落后的八路军怎样战胜精锐的敌军？

回到军区政治部不到一个星期，敌人对晋察冀的秋季"扫荡"开始了。敌后较大的扫荡有这样一个规律：总是在夏季麦子黄时和秋季庄稼快收割时。这样，一方面敌人实行掠夺计划，解决敌区的粮食恐慌；一方面同时也增加了解放区的粮食恐慌。军事斗争不是为了完成政治斗争的任务，就是为了完成经济斗争的任务。

往年敌人的"扫荡"常常是先"扫荡"一个解放区，然后把"扫荡"这一个解放区经验运用到其他解放区去。这次却不同了，敌人向华北华中各个解放区同时进行，而这次动员的兵力又较往常为大，单是对晋察冀北岳区就动员了四万余兵力，二六、六三和一一〇等三个师团大部主力，独立混成旅团与六十二师团的半数主力，独一、独二两混成旅团的一部，加上伪治安军六个团的主力和三十余县的保安队。此外，敌寇还动员了一切的汉奸伪组织，如"剿共委员会"，如伪"合作社"，集体拟订了掠夺计划，企图一鼓而摧毁解放区的经济和军事力量。

敌人的"扫荡"和军区的反"扫荡"，是军事、政治、经济、文化的总力战，是敌我实力的总考验。

在反"扫荡"开始时，我随着军区司令部行动，不久，由于军区的主力是在第一军分区，而第一军分区的主力部队是一、三两团，我于是到了三团的团部，三团是随着军区司令部一同行动的，我有机会经常和军区保持联系，这样，我比较容易了解整个反"扫荡"的过程。

军区部队的装备我是知道的！炮很少，大半是缴获敌人的，经常用的是迫击炮；主要的武器是轻重机枪和步枪，而这些又非常不一致的，从国籍来说，有捷克式，有日本三八式，……从国内出品来说，有汉阳造，有太原造，有中正式，有土枪……子弹也是不充裕的。从军事装备上看八路军，的确是很落后的。但如果从指战员的质量上来说，不仅在全国是第一流的，就是对敌寇来说，也是比较优越的，特别是在政治质量这一方面，更是不可以相比的。

然而战争胜败的决定因素，绝不仅止于此。当我开始跟随八路军向这样顽强的敌人进行反"扫荡"的时候，在我的脑际浮起了一个问题：

装备落后的八路军怎样战胜精锐的敌军呢？

老实说，开初，我对反"扫荡"的信心是不很高的。经过整整三个月的反"扫荡"，事实给我一个完满的答复。这三个月的反"扫荡"，大致可以分作三个阶段：第一个阶段，是敌人分进合击，进据解放区中心地区，然后大量分散兵力，进行所谓有重点的反复"清剿"，搜索破坏；军区部队则针对敌人的分散"清剿"，实行集中兵力予以打击，敌人因此不得不集中兵力来对付，这就粉碎了敌人初步的计划。第二阶段，敌人着重在抢掠滹沱河两岸的产稻区；军区部队就变稻场为战场，分散兵力，配合民兵，积极打击敌人，夺回被抢稻子；同时，发动广泛群众抢收，于是敌人的计划归于乌有。第三阶段是，敌人以主力奔袭合击军区部队机关学校，只有极少数的机关，因为警惕性不够，而遭到部分损失，其余进犯的敌人都遭到八路军严重的回击，把敌寇打出解放区，胜利地结束了三个月的反"扫荡"战役。

反"扫荡"的胜利，是军事斗争和各方面斗争密切结合的成果。

首先是军事斗争与人民的结合。

敌后的八路军之所以能够战无不胜，攻无不克，主要的是因为这支军队是人民的军队，它是为人民的，故人民也不惜一切来拥护军队。在解放区的人民，从小孩到老头都组织起来。反"扫荡"一开始，人民第一件工作，便是坚壁清野，把所有能搬走的东西，像衣服、粮食、家具、日用品……都藏到村里村外山上山下的暗窖里、地洞里。解放区的人民，即在平时，也早就有了暗窖地洞的准备，有些地方只留下一些必要用的东西在家里，一有情况，就赶着牲畜，带着一切东西上山了，留下给敌人的是空无一物的四堵墙壁。这还不算，在敌人"三光"政策（即杀光、烧光、抢光）实行之下，人民又有了一种经验，把能拆下的窗户木门都拆下，另外用土壤把窗户和大门都堵死，这样，敌人既进不了屋，也不易烧房子了。

敌人所到的地方，处处感觉困难，没有群众，没有粮食，没有用具，他想找一口锅做饭也不容易；更糟糕的是失去了耳目，地方上没有群众，敌人从哪里了解八路军的行踪呢？而八路军到一地方，那地方民兵哨见到，不一会，什么都有了。我曾经有这样经验，一次我随着第五军分区司令员邓华将军在反"扫荡"中，走进阜平县董家村，村里阒无一人，连一张炕席一口锅也找不到，粮食更不必说了，而司令部带的粮食恰巧吃光了。我心里想，坚壁清野对敌人固然好，但是不要使自己队伍也没有饭吃了。但不到半小时，山上的人听说八路军在此宿营，陆续回来了，一小时之后，整个司令部人员都吃着喷香的小米饭了。在各个山顶瞭望的民兵的哨，这时一一向我们报告敌人的行踪。

此外，在反"扫荡"中，人民还帮助军队送饭、带路、运输、抬货、送茶、送水……必要时，就掩护伤员和掉队的个别战斗员。这次反"扫荡"，黄崤村老乡掩护了一个八路军的病员，是发疟疾的，敌人从军区中心地区撤退，路过此处，两个治安军要把病员带走去领路，老乡不肯，被伪军打得死去活来，结果把病员抢走了。他醒来后，连忙把躲藏的自己的大儿子叫回来，追上伪军，央求敌人，换回了八路军病员，说他这个儿子地头熟，好带路。实际上他儿子在半路上瞅敌人不注意时，就逃回来了。人民这样爱戴自己的军队，请问：敌人有什么办法不败呢？

其次是八路军主力和民兵的结合。

在晋察冀解放区，民兵的组织是普遍到每一个山沟村庄。男自卫队、女自卫队，是每一个村庄都有的群众武装组织，它的核心是基干自卫队，而基干自卫队的核心是游击小组。在这一次反"扫荡"战役中，单是民兵和敌人就进行了二一九二次战斗，爆炸了四四四八个地雷。这些战斗都间接直接配合了主力作战，阻碍和粉碎了敌人的作战计划。民兵顾名思义是群众性的，敌人一进入解放区，除遭遇到八路军的主力打击外，还到处遭遇到各地民兵的打击。如九月十四日行唐县以北苇园和联庄两处的五百多敌人，想合击刘家庄、马化村、卢家庄等七个村庄的民兵，在二区民兵大队部指挥下，他们在连接的二十多里的山头上，用土枪、地雷、手榴弹，把进庄的五百多敌人堵击住了，就是这样拙劣的武器，就是这样没上过陆军学校训练的农民，和敌人打了一天，这一天，敌人只走了十二里路，合击的计划粉碎了。

八路军的主力因此就非常有利地来打击进犯的敌人。

不妨再举另一个例子。九月二十日，敌人经过孟平县二区何家洼时，民兵中队长何玉林，带了二十一个民兵，依据有利的地形设伏。黄昏时分，敌人进入了伏击圈，民兵先以猛烈的手榴弹投向敌人，旋即扔出飞雷九个，继之又扔出大石头打击敌人，用了这样简单的武器，一共打死了三十八个敌人，打伤九个敌人，还夺得大量胜利品，民兵却没有一个伤亡。

民兵在反"扫荡"中，破坏敌人的交通线，是主要的任务之一。在敌人所到之处，凡是能通汽车的一切公路，那附近的民兵就有组织地分批去破坏，同时埋地雷使得敌人汽车不通，运输线割断；或者能通，但到处都仿佛有地雷，又仿佛没有地雷，这得有工兵在前面探路，有时要起雷，有时要修路，使得汽车一天行进的速度慢到这样一个可怕的程度：只走二三十里地，还没有人走的快。

敌人的通讯联络也不断遭受到民兵的破坏，敌人在解放区临时建立起来的通讯网，到处受到破坏。阜平的一个民兵，把敌人无线电割回来了；更厉害的是西庄一个民兵，他割电线割到敌人电话室的窗外，还不甘心，公然伸手进去夺那敌人的电话机。这样出其不意的动作，处处都发生。电线割断，敌人要派人出来修，修的人遭到民兵的伏击，很少能够回去的，于是连修的人也不敢出来了。

最使敌人头痛的，是地雷。爆炸运动在晋察冀是普遍展开了。地雷多到这样一个程度：即连八路军没有当地民兵带路，也不敢随便走一步。开初，大路上有地雷，敌人走小路；小路上有，敌人走山边；山边也有，于是走庄稼地，那儿也有；陆地既然都有，敌人异想天开，从河里走（从王快镇到阜平县城有一条沙河），行军一天，还走不了二十里。以后就又不行了，河里有水雷。进村也是很麻烦的事，村口不敢走，只有走岔道；晚上宿营也不敢从正门进去，怕中地雷，从墙根打一个洞，像狗一样的一个个钻进去；炕倒是很舒服，可是不敢睡上去，怕有雷，只好用绳子拴到屋梁上，做一个吊床来睡。

就是这样小心，敌人还得到处被地雷炸。单是一个民兵李勇（现在他已是晋察冀的爆炸英雄了），在反"扫荡"三个月中，就爆炸了六十九个地雷，毙伤敌伪三百六十四名，毁伤敌人汽车三辆，其他的就可想而知了。

有的村庄，在村周围布满地雷阵，敌人每次经过那儿，始终不敢进去，如唐县的三道岗村便是。

敌人对地雷表现了极大的恐慌。在缴获的独立旅团第六大队代理队长菊地重雄的日记中，就这样写道："地雷效力很大，当遭遇爆炸时，多数都要骨折，大量流血，大半要被炸死。地雷战使我官兵精神上受威胁，使官兵成为残废，尤其要搬运伤兵担架，如果有五个受伤的，那么就有六十个士兵要失掉战斗。"

从这一段日记里，我们可以清清楚楚看到民兵和地雷在反"扫荡"中的作用，和给敌人的威胁。

第三是外线斗争和内线斗争的结合。

当敌人四万大军进入解放区"扫荡"时，敌区便留下一个很大的空隙，军区部队除了保持一定数量的兵力在解放区腹地与敌战斗外，便分派在解放区边缘的部队，深入到敌后去，对敌人占据的点线勇猛反攻，牵制了敌人的主力，使得敌人不能够完全集中兵力"扫荡"解放区中心的地区，同时，也就是配合了内线的八路军展开反"扫荡"战。在三个月当中，外线活动的部队创造了辉煌的战果。这些外线部队，曾先后夺取了袭击了许多城镇乡村的据点，如十月六日，一小部队一举而下涞源紫荆关以南的陈驿据点，消灭了十五名守敌；十月十一日，又攻入望都南关；十六日到十八日攻入保定北关、西关与南关；十八日雁北部队袭入浑原；在盂县的外线部队，在侯党一战，毙俘敌伪三十多名，缴获轻重机枪三挺……至于进攻堡垒，炸毁桥梁火车，更是经常的事。

外线部队除了集中兵力攻击预定目标以外，还经常采取突袭的动作，也同样取得了很大的胜利。如牛山战斗便是一个光辉的范例：

牛山逢集的日子，东焦、马山、中山三个堡垒的伪军，有二十多个人要到集下抢掠些人民的财物，由牛山伪小队长带着十几个人在集上镇压，伪班长带十几个人到村公所去监督要老百姓做饭，当然是鸡肉大米，不在话下。饭将熟未熟之时，伪军在里面兴高采烈，说："这集上八路军不敢去，我来保护你们。"正在他们吹牛皮的时候，八路军外线部队的一小部分人已在房顶上埋伏好了，立时房上的八路军接着说道："喂，我们来了，缴枪吧！"屋内的伪军简直是魂飞天外，八路军如神兵一般，从天而降。但伪军还想抵抗，门外八路军的奋勇队已冲进了院子，向屋子里投掷手榴弹，而在房屋上的八路军把房顶打开，从上面扔下手榴弹来。伪军这时只好乞怜叫道："不要打了，我们缴枪，留我们一条命吧！"一会工夫，八路军带着十二个俘虏，缴获了十二支步枪，六百多发子弹。这种神话似的奇迹，在敌区游击区到处皆是。

第四是军事斗争与政治攻势的结合。

解放区的政治攻势不是在反"扫荡"时才有，配合着一定的政治任务，常常有的，不过在反"扫荡"时更为加强罢了。在三个月中，对封锁线的山沟外普遍展开了两次以上的大规模的武装宣传。这种武装宣传组织，人数不多，一二十人，二三十人不等，大半是轻装，战斗力很强，即使是演员宣传员身上也是带着武器的，有些地区，靠着敌区，演员都是化好了妆再去的，到了就演戏、写标语、散传单、开大会，完了就走，动作既迅速而又机警，甚至跑到堡垒附近和据点里面去开会，另一方面派部队警戒敌人，敌人也无可奈何。××部队的宣传小组，越过敌人两道封锁沟墙，进入了敌人所谓的"治安确保区"，召集十一个村庄开群众大会。一个七十多岁的老头，听说八路军来开会，连忙爬起来，赶到会场，流着泪说："我要看看咱们的八路军，我老头死了也甘心。"村里人都围满着这八路军讲解放区和国内外大事。听的人都入了神，舍不得让宣传小组走。

武装宣传组携带的照片，就在附近村庄展开了，被敌人蒙在鼓里的群众，见到解放区的真情实况了。

八路军的传单标语，通过武装宣传小组，贴在堡垒上、车站上、铁路上，甚至贴到伪军政府的门口，××县城里发现了宣传品，伪警察所长亲自到各处检查行人，派人在衙门口站班值夜。伪县长王景岳，听到手榴弹响，同时又发现宣传品，吓得他连夜上城守了一夜，在城里则一夜连续检查了八次户口。

在××，宣传品贴在火车上，火车开了几十里地方才发觉，日本宪兵和车警长把车停开，大事搜查，以为车上有八路军了，这样闹得敌伪非常恐慌，一直传到伪华北新民会上去，在宣传会议上敌伪都认为这是一件大事。

政治攻势普遍展开，敌伪军和伪组织人员都动摇了，有的逃跑，有的反正，有的自杀，甚至有的把炮楼都烧掉走了。在敌伪压榨下的村庄因此得以解放，人民起来反抗敌伪的勒索和奴役。在这样攻势之下，大大影响了进入解放区的敌伪军，使解放区中心地区的八路军更加有力地粉碎敌人的"扫荡"计划。

第五是八路军本身的战斗力量。

纵然是四万装备优良的敌人，但是一进入解放区，就腹背受敌，处处遭遇到困难，行动固然要受到交通的阻碍和民兵的伏击，宿营时也要碰到地雷和民兵的袭扰，粮食用品都不易找到，逼得敌人每次"扫荡"不得不带了一长列的牲口和民夫，来运输给养和弹药，这个运输队像一个瘤似的生长在号称精锐的队伍上，大大妨碍了军事行动。最糟糕的是：敌人所到之处，没有一个群众，像一个既聋又瞎的人在解放区里走路，八路军一行动，敌人是很难了解情况的。这些不利条件，反过来，都是八路军的有利条件，在群众的海洋里，八路军自然就像生龙活虎一般的了。

敌人是顽强的，但八路军更顽强，从政治质量上说，就是十个敌人也比不上一个八路军，每一个八路军都是有过思想武装觉悟了的战士，他知道为什么而战，也知道为谁而战。敌人的最小的战斗单位是小队，如果把小队长打死，这一队就丧失了战斗能力。而八路军的最小的战斗单位，是每个战士，打到剩一个连，一个排，一个班，直到最后一个人，都能够进行战斗。并且敌人的优势，只有在一定地域和一定时候才能发生作用，如果敌人分散了兵力，分头出扰，八路军集中一定数量的兵力和装备，来进攻分散了的某一路敌人，这就是变敌之优势为劣势，而变我之劣势为优势。而事实上，八路军经常在各种斗争的配合下，以极少的兵力，击溃了强大敌人的进攻。

让我们来看看这三个月的反"扫荡"的实况。

　　总结三个月的反"扫荡"，主力部队和敌人进行了大小二〇九三次战斗，在每次战斗里表现出八路军的英勇和指挥艺术，到处伏击、袭击、侧击、阻击、追击敌人，阻碍了敌人的行动，粉碎他各个"扫荡"计划，使敌人每一个行动都付出很大的代价。这儿，我想只要举几个例子，便可以了解敌人和八路军的实际战争力如何了。九月底，敌伪四千余，围攻阜平东北部的神仙山，八路军的守卫部队还不到敌伪的十分之一，只不过四百人，可是支持了十二天之久，这还不算，又毙伤敌伪二百多，打落下一架飞机，缴获了一挺重机枪，最后还把围攻的敌人打退了。

　　另外像十月三日，七百多敌人进攻唐县西北之青灵山，八路军不过一个连的兵力，就对抗了敌人四天之久，并且击毙四十多敌人，终于败退了。

　　再像三百多敌人侵入了曲阳于家寨，八路军以十四挺轻重机枪和三百多支步枪的猛烈火力，在旦里村南山设伏，当敌人到时，即同时向敌人猛击，敌人队形马上混乱，经过半小时，都无力还击，后来数次冲锋，全被打退，就在这次战斗里，曾经有一班人在一高山上，击退了十倍以上敌人的冲锋。在旦里山下，一百多个敌伪倒下来了，八路军只伤亡了十六人。

　　军事斗争和各个斗争的结合，八路军成为一支攻无不取战无不胜的劲旅。

　　以上的事实，回答了我的疑问。我理解到：八年来为什么八路军在敌后，不但没被精锐的敌人消灭，反而一天一天强大起来的原因。

043~050

第六章　人类公敌的暴行

6.

人类公敌的暴行

一个不完全的统计

这一次敌寇集中四万兵力，"扫荡"边区，和过去不同，这次叫做"毁灭扫荡"，敌人企图彻底摧毁边区，把整个边区造成一个"无人区"。然而这只是一种幻想。

经过三个月猛烈的反"扫荡"斗争，边区一千二百万的军民，终于把敌寇打跑了。

但是在这反"扫荡"的三个月当中，在敌寇烧光、杀光、抢光的"三光"政策之下，边区遭受到野兽所给予的空前未有的灾难。敌寇的罪行，应该公布出来，让全世界的人士都知道，东方法西斯日本海盗，在中国解放区所干的什么勾当。

不过，我这儿所得到的还只是一些不完全的材料。

在晋察冀边区的北岳区二十一个县份，约有一百万人的地区里，敌人就干下了这些罪行：

惨杀六千六百七十四人（内负伤者九百七十六人），

烧毁房屋五万四千七百七十九间，

抢掠与烧毁人民食粮二千九百三十四万斤，

抢走耕畜一万九千三百三十七头，

抢走猪羊五万七千八百七十九只，

抢毁农具十七万二千六百二十五件，

抢毁衣被四十八万七千五百三十件。

显然这统计是不完全的，比如敌人进入解放区到处挖掘人民所坚壁的东西，人民留在家中的一切日用品，这就很难统计了。而人民被杀害也绝不止六千多，并且敌人的杀害的方法据统计当在百种以上，比较常用的是：活埋、打靶、吊死、刺杀、灌水胀死、毒气毒死、铡死、锯死、碾死、喂洋狗、煮死、腰斩、悬崖摔死……以至于肢解、剜心、凿眼、剥皮——这些，有的是在死前就肢解等，有的则在死后还要把心剜出来。

血海深仇

　　敌寇败退以后，边区的房子到处在燃烧着，甚至边区每一村庄，没有不被敌人烧毁了一部或大部，被屠杀的尸首更处处皆是，在自由的土地上，淤着一片很厚的紫黑的血层。

　　最残暴的是敌人在平阳的罪行。"平阳惨案"的罪犯是荒井，他部队里有专门杀人的队伍，叫做"红部"。当他从贾口开会回来，"红部"就忙起来了，在村里逮捕了许多老百姓，驱使到屠杀场去，一天之内杀死了一百四十人。当他的部队被打败，撤退的前夜，他集合了六十多个妇女，问她们是要跟着走，还是要回家。她们没有一个愿意跟着去被污辱的，都被敌人剥去衣服，砍了头。另外，敌人还把村里一些男女捉到广场上，脱掉他们的衣服，强迫他们赤身裸体地跳"秧歌舞"，然后又强迫他们在大众面前集体性交，不肯的，马上就砍掉头，有的就用裤子包着头，推下悬崖摔死。

曾经有一位孕妇，被敌人捉住了。失去了理性的日寇，把她放在一口棺材里，另外叫来二十多个妇女，把她们衣服剥光，命令她们站在旁边目睹兽行的进行：首先敌人破开她的胸膛，胸前的皮肉给撕到乳房旁边，摘出了一颗鲜红的心；接着又破开她底肚子，用刺刀进去挑出一个未足月的胎儿，胎儿何辜，还没有出世，就遭到日本法西斯的刺刀了！棺材里流满了血，母亲就浸在血流里。二十多个勒令旁观的妇女掩面不忍看下去了，敌人趁此威胁她们：说她们如果要回去，就照样的被杀，而且心要炒了吃的。这并不是一句空泛的威胁的话，实实在在做了，并且不止一次。土山村李小根几个人的心肝，就是被敌人摘下炒了吃的。罗峪村刘耀梅拒绝被敌人奸污，敌人砍下她的头，扔到井里，同时从她腿上割下肉来，去包饺子吃了。

过去，我总觉得"吃人的魔王"不过是愤怒到了顶点时候说出的一句骂人名词，现在才清楚用在敌人身上是说明一件事实，而且还不能完全说出他残忍的面目来。

这样残忍的罪行不止在平阳，在井陉县黑水坪老虎窝村，村里一百数十个老百姓就中敌人烈性瓦斯弹而死了，皮肤变成了紫色，腐烂，最后化成了血水。村里村外还躺着尸首，有的被敌人烧死了倒吊在屋梁上，有的被开水从头上浇下烫死的，有的是被石头砸死的，有的六七十岁的老太婆被强奸后，死在墙角落里，阴户里塞了一根木头。

在平山岗南村，十二月十二日敌人包围了村子，村里大部分老百姓给围住了，敌人带了十七个老百姓走到一条深沟面前，叫他们自己解开纽扣，反缚起手来，马上把他们推入沟内，野兽们就从上面刺下来。一个十五的小孩，不忍看见这种惨无人道的兽行，他掉过脸来，低下头去，他底肚子上旋即中了敌人的刺刀。这是一种。有的，敌人叫几十个老百姓背高粱秸到大沟里，叫他们把高粱秸放下来，前面是一堆火，命令他们面对着火，然后几十个敌人从背后山上冲杀下来，四处都是敌人，中间是火，这几十个人便活活地烧死了。敌人看人被烧焦时发出那种凄厉的叫喊，竟然拍手狂笑起来！

这些，都是比较著名的，传遍了边区。至于敌人在平山焦家庄用铡刀铡死二百多人，敌退出时，人用的门板的血迹堆得有半寸多高，两个水井里尽是没头没胳臂的尸体；又如柏叶沟，敌人远走时绑走村中所有的人，在路上把妇女的衣服剥光，强迫她们跪在路旁，然后把所有的男子全部杀光，这叫做"陪杀"；其次像在柏崖村，敌人用一口大锅烧水，把水烧开了，扔下两个活蹦活跳的小孩，活活煮死，一个妇女被轮奸后，也同样被活活煮死了。——这样的暴行几乎到处都有，写不完的！

这些事是人能做出来的吗？即连野兽也不会残忍到这步田地吧？只有披着人的外衣的法西斯野兽才能做出来的。

暴行的自供

前面所记的，不过是传闻开来，或者是暴行之后的遗迹，是很不完全的。一九四四年二月七日，延安日本工农学校，召开了一个座谈会，又给我们补充了一些。当然，这也还是极少的一部分，因为工农学校的学生有限，出席的人不多，但我们从此可以更进一步看到敌人残暴的面目。我这儿仅把那次座谈关于晋察冀之部记下来：

一九三八年六月，独立第三混成旅团有一个长谷川中队长，在河北临县捉了两个八路军，把他们背捆起来，帽子拉下，遮起眼睛，送在壕沟面前站着，让我们五个幼年兵，去练习胆量，去刺杀。我们有些害怕，把眼睛闭起，只是刺上了臂膀，他们就倒下壕沟里去了。以后从沟里又把他们拉出，又让别人来刺。最后又由中队长把他们的头割去了。

一九四二年七月，我（月田自称）在太原时，冈村宁次大将，每隔十天，就在太原门外集合六十个俘虏，排成一列，脱去上衣，背绑出来，让幼年兵刺枪，还在痛得呀呀叫的时候，就用石头土块活埋了，一个月内杀了二百多名。

一九三九年六月，二十七师团小原大队下面宪兵军曹藤，在河北任丘，把二十八名八路军放在庙中，周围被带得枪的士兵看守着，让二十四只军犬去咬他们的咽喉、胸膛，人临死挣扎的叫声，军犬的咆哮声，杂在一起，实是惨不忍闻。

一九三九年十二月，混成第八旅团驻在河北省沙河县，佐野中队长的伊藤军曹，解剖了一个老百姓，将肝取出，说是能治妇人病的一种药，而偷偷地贩卖。还有一九四一年九月安部中队长、渡边军曹、佐佐木伍长三人为了医治梅毒，将老百姓的脑袋打破，取出脑子来。

混成八旅团的田中中佐，在一九三九年"扫荡"时，曾袭击高悬着红十字旗的八路军医院，把病人钉在墙上，挖掉眼睛、割掉鼻子、耳朵、生殖器，然后烧死。

同时混成八旅团的井上中佐把一百多名的八路军和老百姓，一部分用轻机枪射死，一部分装在棺材里烧死！

一九四二年三十六师团，师团长安达中将，在易县狼牙山将五十名避难妇女剥得精光，使她们送水、送弹药，并于强奸后枪毙。还把几十个老百姓放入井里，从上面丢下石头砸死。

一九四〇年在内黄清丰县战斗时，三十五师团召集三千多名老百姓训话，刚讲完"日军拥护中国人民"后，从四面用轻机枪十几挺将他们射死。

一九三八年五月，——〇师团长桑木中将在宿县射死一个抱着孩子的母亲，孩子不知母亲已死，啜着母亲的奶啼哭。又同师团上板大佐同年在冀中，将妇女绑在树上，用中国造的手榴弹塞在阴户里，然后在六丈来远的地面拉线炸死她们。

一九三九年混成八旅团后泽中队长，在晋县用刺刀剖开两个孕妇肚子，拉出小孩来，劈开小孩的脑瓜，并在脑瓜上贴一张纸，上面写上："八路军杀的"。

一九四二年混成八旅团水上少将，在定县把避难在地道的八百余老百姓用毒瓦斯毒死……

够了，不必再记下去。

罪犯的名单

现在日本已经无条件投降，法西斯的野兽们，对中国人民的屠杀应该得到应有的惩戒，应该把这批罪犯送到各个暴行地点，由被难的人民来亲自处决屠杀他们的刽子手；谁要是宽容放纵刽子手，那就是自绝于人民，人民是不会答应的。

这些刽子手是：

首先是东条和冈村宁次，因为他们是犯罪的主谋者。其次是：

——〇师团长桑木中将和林芳太郎，三十六师团长安达中将，六十五师团长野副昌德，六十七旅团长柳，混成八旅团水上少将，六十六旅团长田中信勇，六十二旅团长清水田，六十三旅团长津田义武。独立第三旅团长毛利未广，二十六师团佐伯，十三联队长安尾，一六三联队长上板凸，一三九联队长下松龙男，一一〇联队长黑须元之助，独立一混成旅团长山松奇，及其他参加这次毁灭扫荡的军官，和那些制造各种惨案的刽子手，如荒井，一一〇师团长的上板大佐，独立第三旅团的长谷川中队长，混成八旅团的田中中佐，井上中佐，后泽中队长……

纵然这些刽子手想逃到海角天涯，中国人民也要把他们逮捕起来，交给人民公审，按照人民的意志来判决这些杀人不眨眼的野兽！

现在是清算血账的时候了！

谁想宽恕刽子手，谁就会遭到一切爱好和平和正义的人反对！

051~056

第七章　从村选看边区的民主生活

7.

从村选看边区的民主生活

在反扫荡当中，一切的群众团体、学校、政府机关、部队，都集中全力在为了一个目的工作：取得反扫荡的胜利。等到反扫荡一结束，各个部门的日常工作又开始了。

春天是边区一年一度的村选的季节。

一早，曲阳三区的张区长到军区政治部来看我，他告诉我今天是郎家庄的改选，问我去不去，我当然是很愿意去的，便一同走了。

郎家庄是一个五百多户的村庄，选民（凡年满十八岁以上的任何抗日人民，不论性别职业、贫富，都是选民）有一千一百二十五位。会场布置在村边的一个广场上，这广场，在收获的季节是打谷场；冬闲的季节，是村区自卫队的操场，春天，便成为人民的会议场所了。这时候，广场上还没有什么人，只有几个村干部在布置会场，场子四周竖起了一块块长的木板，上面贴着红红绿绿的标语，主席台靠墙对着广场，那儿一排放着三张桌子，当中一张桌子上放着一个大红色描金花的小柜子，上面贴着一张红纸，写了三个字："投票箱"。一会，村干部把一张开会日程贴在当中的桌子前面。

张区长为了准备这个村的改选，曾经在这儿工作了三天，帮助村长总结工作计算账目，今天，他巡视了一下会场，又把村长拉到旁边去谈，检查一下还有什么工作没有准备好。正在他们谈的时候，走向村中去的浓荫路上，忽然传来整齐的步伐，接着是听到雄壮的口令："一二三——四……"我转眼看去：原来是村自卫队，挑着绿缨枪，四个人一排，向会场走来，他们到会场的中间，停止了，很整齐地排成了一个长方的队形，坐了下来。接着是儿童团、妇女自卫队、青抗先、老头队等都排着队来了，把场子填得满满的，儿童团坐在最前面。我看到一种崭新的气象，蓬勃的精神，充沛的力量。谁说中国是一盘散沙？如果真是的话，那是统治阶级压迫人民成为散沙，怕组织起来的力量，不能怪人民自己。

新的社会里，人民组织起来，成为这个社会的主人。

主席宣布开会以后，老村长把过去一年的工作作了一个很详尽的报告，说明这一年来在收支上、春耕上、优抗上、教育上……各方面的情形，像一个管家的仆人，向主人报告他的工作一样。报告完了之后，主人——坐在广场上的一千一百二十五位的选民，从各方面提出了问题：有的说去年冬学没办好，不能完全按时上课，这责任不能完全推到教育委员身上去，村长是领导全村工作的，教育委员不过是帮助村长办理教育而已，冬学没办好，村长要负责；有的说这一年来优待抗日军人家属差，原来政府规定每月发优待粮，给抗属送柴挑水，有些抗属就没有收到，甚至有把两个月的优待粮合并到一块发，没有照顾到抗属的需要；有的说救济灾民的工作做得不好，反"扫荡"以后，上级规定募捐粮食，大人一年该六升，可是村里没有切实做到，并且这项救济工作，只是附近驻军给村子募了一笔款子赈灾，村长没有全心全力推动这一项重要工作……

各种不同的意见，从各方面毫无拘束地发表出来。我看见村长像一个忠实的仆人一般，坐在选民前面，回忆着这些事，脸上显得有些惭愧。

最后张区长总结了大家的意见，并提出村政权工作和群众团体联系不够，群众团体是领导群众的，是保证政权任务完成的，这一点却被村长忽略了。这一年来的工作，用张区长的口吻说，就是："检讨这一年的工作，优点只有三个，缺点却有七个，可以说这一年工作大体上没有做好。"

张区长检查一下选票，准备选举了。

村农会主任提出了农会会员做竞选人，妇救会提出她们的会员来竞选，青抗先也提出了自己的人……候选人一个个被群众拥到主席台上去，发表他们的竞选演说，一个青年农会会员这样说：

"你们大家要选俺当村长，俺一定要为大家谋利益，根据乡亲们的主张，把每一项工作办好。希望你们热心帮忙，我一定领导大家抗日保卫家乡，把咱们的光景过得更好……"

妇女竞选人也到台上说了话，要和别人竞选，她要把村里的工作做得比别人更好。这时候坐在选民前面的儿童团开始活跃起来，唱歌叫口号，鼓动大家竞选。

竞选演说讲完以后，就开始投票。这是一种不记名投票，村里的小学教员、村干部、农会会员等三个人担任写票，另外有群众选出人来监票，每一个选民走到写票台旁说出自己选哪个人，写好以后，由自己投进投票箱。有的扶着拐杖，有的挽着小孩，从十八岁以上的青年男女，到七八十岁的老者，都走到投票箱前，选择下一年给自己办事的仆人——村长。

选完以后，大家便有秩序地散到广场四周，说说笑笑，在估计谁可以当选了。

开票结果：是一个青年农民和一个中年妇女当选了正副村长。张区长把一叠选票送到他们两个人的手里，庆贺他们说：

"这就是你们的委任状，大家选的，你们要好好办事，不要辜负了大家的希望。……"

他们两人笑嘻嘻地接过封好了的选票，点头同意张区长的话，没有尽职的旧村长，在群众的意见之下，解职了，第二天他开始移交给新选出来的正副村长。

郎家庄的村选工作完了之后，我给张区长谈到边区的区级、县级和边区一级选举的事。他告诉我，"大致和村选不差甚"。所谓不差甚，是这样的意思：

村里每十五人划分为一小组，每个小组提出候选人，成为村代表，这样的代表组织起村代表会，也就是村议会。由各村的代表，又推选出按人口比例的一定数目的代表，当区参议员，出席区参议会，从区参议会里选出区长来，成立区公所。又在区参议员里推选出席县参议会的议员，县参议会里产生出县政府、县长等。专员公署一级，是边区政府的代表机关。没有参议会机构，从县参议会里直接选举出席边区参议会，各县的代表组织成边区参议会，这是全边区的最高权力机关，也就是总的代表边区人民意见的机关，从这个机关里产生了边区政府委员和主任副主任。这些主任和委员，和各村的村长一样，边区参议会有一切权力可以改选罢免。政府的工作人员，他只是为人民服务的勤务员，他的去留不决定于什么裙带关系、私人关系或诸如此类的原因，而是取决于他的主人——就是人民。好的勤务员当然会继续服务下去，坏的，也自然会被请走的。

像这样以人民为主的政治生活，孙中山先生追求了四十年都没有成功，临死时还殷殷嘱咐叫"同志仍须努力"。经过八年的抗战，在全国范围来说，依然只是一个希望，在大后方所实行的仍旧是党治，或者也可以叫做民主，不过这种"民主"是："我是主，你是民！"

全国人民的希望，孙中山先生的理想，首先在解放区实现了。

057~061

第八章　人民的勤务员

8.

人民的勤务员

村选完了之后，张区长和我一块回到军区政治部来，三区的区公所就在军区政治部这个村子里。

一路上走着沙滩地，小河里的水发出潺潺的音响。我们边走边谈着：我问他村长有没有薪水，他笑嘻嘻地向我望了一下，然后严肃的摇摇头，最后说一句："旧政府时代倒是有的。"

原来边区的村长和村干部，是不脱离生产的，村长忙，实际上是顾不上自己的生产的。然而没有薪水，过去村干部还能在村公所里吃饭、报销，现在节省村开支，这一点也取消了。实际上，村长是个无报酬的职位。他的唯一的报酬，就是替村里人把事情办好了，大家的感谢，下一次再选他。可是他的任务是繁重的，要计划全村的工作，领导生产、教育、武装斗争……

区级干部是脱离生产的，但那薪水，却少得可怜的很，只八块钱一个月。就拿张区长来说，他穿一身粗布棉衣，戴个毡帽，身上背一个土黄色的饭包，整天的跑来跑去给老百姓办事。比如，三年前遭到水灾，全区的人生活发生了问题，几乎有百分之七十以上的人口，要缺三个月的粮食。据老年人说，这样空前未有的灾情，是要饿死不少人的。从前还没有这样严重的灾情，都要饿死不少人的。张区长和边区其他政权工作人员一样，到处想办法，以政府的名誉，向地主富农借粮，这不是一件容易的事，得要三次四次的动员，左一趟右一趟的说服，最后又开了士绅借粮会议，这样才说动了。从地主那儿借来粮，借给大多数缺少粮食的农民，这样才能渡过灾荒，能够生产，到秋天打下粮食，再还给地主。因此，在空前未有的水灾下，全区没有饿死一个人。只要老百姓有困难、有需要，他就去筹划、去办理、去解决。

像张区长这样，在解放区根据地里工作，工作虽忙，生活虽苦，但很平安。他给我谈到冀中游击区赵县县长的生活，那简直是在生死线上斗争。

赵县的县长是陈翁儒。陈县长不像从前的县太爷，整天坐在衙门里要粮、要钱、吃好的、穿好的，一个人几个老婆，出来的时候，威风凛凛，不是骑马，就是坐车，从前更是鸣锣开道，甚至街上连老百姓也不让走。可是陈县长就完全不同，他每月只拿十五元的津贴（这是边区政权工作人员的最高津贴）。吃的和老百姓一样的饭，穿的和老百姓一样的衣服，甚至比老百姓还不如，夏天因为"扫荡"紧张，上级还没顾及发下单衣，他仍然是穿着一身的棉衣。老百姓要给他换季：送一身单衣给他，他不要，怕增加老百姓的负担，说是上级不久会发下来的。陈县长就是这样穿着一身棉衣，大热天到处奔走给老百姓办事，想活路。不认识他的人，在路上碰到了，谁也不会知道，这就是一县的父母官陈县长。他在敌伪星罗棋布的据点中开展了民主政权，建立了民主的政府。开头，因为环境紧张，人手不够，他一个人便在敌人据点附近，做好几个人的事，他自己说得好："这时候，县长是我，科长是我，秘书是我，交通跑腿也是我。"可谓是身兼数职了，然而他的津贴也还只是十五元，甚至有时拿不到。但是他脑筋里没有时间想这些事，他只想怎样给老百姓多做点事，能够把老百姓生活改善。

说到赵县的县政府，谁都会吃一惊的，既不堂皇，也不华丽，更不威严，不但是不像一个县政府，连县政府的门房也不像。赵县的县政府是在漫地里看水车的一间小屋子，陈县长在这儿办公，这儿就是县政府。这不像县政府吗？是的，不像。可是有什么关系呢？主要是在实质，不在形式；过去县政府纵然堂皇壮观，那是用权力从人民身上剥削下来的，这政府是和人民敌对的，是人民诅咒的对象。

看水车的一间小屋子固然不像县政府，但团结了赵县全县的人民，它是人民力量的动力站，它是由人民组成的全县总指挥部，人民的一切问题都来找陈县长，人民关心这间小屋子，爱这间小屋子，拥护这间小屋子；因为这间小屋子和小屋子里的人，给他们办事。

陈县长的生活很简单，简单到这样一个程度：连伙房没有，饭也不做，他身上只是经常掖着干粮，他觉得这样既省事，也节省时间，更可以避免暴露，因此能够抽出时间来多给老百姓做点事。

他在繁密的据点当中，开展了统一战线的工作，使得过去曾经怀疑过民主政权的人，也举起双手来赞成民主政府的措施。他在敌人的破坏之下，建立起赵县的民主县议会，包括各个阶层的代表，团结了各个阶层，抗击敌伪当时所谓治安强化运动。

平时他到处为全县人民工作奔走，扫荡来时他就带着县里的地方武装——义勇军打游击保护人民。去年二月里反"扫荡"，他带极少数的义勇军被优势的敌人包围了，他一个人勇敢地顶着，企图突出敌人的重围。但是敌人又从伪县城里开来了两辆汽车增援，终于不支，陈县长和他少数义勇军都被打倒，陈县长受了重伤，被敌人运到伪县政府的民众医院去治疗。这时，敌伪开始了诱降、慰劳、送礼物、探问、劝解，他都一一拒绝了。起初是伪队长来劝投降，不肯；接着是伪县长、宪兵队长，一个个来劝诱，一个个被骂回去。最后伪赵县的敌人小队长来劝降，也被骂走了，他始终不肯为了个人的生死，而出卖赵县人民的利益。敌伪束手无策，无可奈何地把他枪决了。

陈县长虽然死了，但是他胜利了。

县长，和一切政权工作人员，现在是人民的勤务员给人民服务的人。

过去的县长老爷，和一切官员，是骑在人民脖子上剥削人民的。

这种为人民服务，"鞠躬尽瘁，死而后已"的精神，是解放区政府工作人员的典范，陈县长不过是千千万万的政权工作人员当中之一罢了。

这样为人民服务的勤务员，怎么会不得到人民衷心的爱戴，至诚的拥护？

张区长指手画脚地给我说，越说越有劲，不知不觉已走到军区政治部的村口了。进了村，因为他疲劳了一天，又给我谈了这么久，便不敢再打扰他，和他分手，让他回区公所去休息休息，我一个人回到政治部。

062~067

第九章　在煤井里

9.

在煤井里

回到政治部第二天，恰巧是灵山镇的集市。我久就想到灵山去看看，这天政治部的一位张教育干事也要去有事，我们两人便骑上马，一同走了。

政治部去灵山，只二十里地，又是沙滩，越过一个小山，便放开马，一会就跑到了。集上人果然不少，黑压压的一片，远远就传来集上叫卖和谈生意的烦嚣的声音。

灵山镇是曲阳的首镇，在一九三八年，镇上还有电灯，后在反扫荡中被敌人破坏了，房子也烧掉不少；正是因为是一个大镇，虽然烧了一些，大体上还保存它的面貌。灵山之所以大而富庶，因为它是在矿区的中心，周围的村落有许多人工开采的煤矿。

在集市上绕了一圈之后，我提议到煤矿上去看看，张干事愿意充当我的向导。他在这一带是很熟悉的。他带我到离灵山五里地的一个老矿去。到了那里，正好遇到曲阳县工人救国会的主任，他是到这个矿的分工会来有事的，在县工会领导之下，每个煤井有分工会，设主任、组织干事、宣传干事、劳动保护干事、教育干事、抗战动员干事和青年干事。分工会主任脱离生产，他的工资由厂方照付，每五个工人为一小组，推选一个组长来领导。工人自己有救亡室、歌咏团、啦啦队长（这是准备和别的井上工会在一块开会时，叫对方唱歌的）。县工会有一个留声机，经常轮流到各分工会去唱；有时井上的工人，下了班，就挤到县工会的小院子里来听留声机，大家谈谈笑笑，然后才回去吃饭。

　　我们一到那儿，就被工人围拢起来，坐在柜台里的经理也跑过来招呼，东一句西一句，不知回答哪边的谈话是好，寒暄了一阵之后，我提议先下井去看看再谈（因为怕晚了，井里的工人下工）。县工会主任一听说我要下井，他就拍着胸脯说："好，我陪你下去。"但是经理不同意，他伸出那只雪白多肉的手阻止我，说："同志，去不得，有危险，出了事不好办，……"我是了解他的好意的，如果万一出了事，他怕负责任，实际上与他无关。危险，也许有，但是工人都不怕危险，我怕什么呢？我转过来，问张干事他去不去，他也愿意去，我们被县工会主任和分工会主任带到一间小房子里去，他们拿过几套下井的服装来，我们脱下身上衣服，穿起毛凉毡（是一种粗麻织的背心），用大包绳儿（拴毛凉毡的束腰）把腰束好，戴上麻织的毡帽，我奇怪帽子为什么这样厚，这样重，戴在头上沉甸甸。分工会主任告诉我，因为在井里时常有煤渣子落下来，戴上这帽子就不易打破脑袋。

　　穿好衣服出来，工人们都笑我，俨然是一个工人了，其实不然，我的脸和手证明我都不够资格成为一个劳动者。走到井边，一共有两口井，一是上井，一是下井，下井是通风和出水之用。搅把的工人见我们打扮好，他换了一个篓子挂上，并且教我如何下去：要稳，用左腿站在篓子里，右脚在外边抵着，以免打转，那会发晕的；两只手抱着绳子。我按照他的指示，站到篓子里去，他在上面慢慢把我放下，像是坐电梯下楼似的，黑乌乌的，什么也看不见，也没感到晕，一会便到了，这是第一棚，那儿有一个火窝子，旁边蹲着一个人在看火。因为风小，不易接风，所以在上井烧火，以吸下井的风来。看火的看见我，连忙扶我出来，他告诉我，这是第一棚，每棚二十丈深，还有四棚才能到出煤的地方。于是又到另一个井口，跳下篓子，比上次熟练了，一棚一棚，一直下到底层，这时我们离地面已是一百丈以上了。而离地面的井口也有一二里了。眼前一片黑暗，慢慢定下来，才又看到前面是一条深邃的道子（就是路），弯弯曲曲地迤逦下去，左右疏疏落落地放着一盏盏毛油灯，——五步左右，便有一盏。甬道不高——一个人都不能站起来走，要弓着背走，道子顶上是用荆条编制的棚架，防止泥土落下来。迎面走来一个担筐的工人，赤身屈背挑着两筐煤，手里拿着一个柱头儿（小棍），在一步步走来。

顺着道子走下去，一共有五道矿，煤层很富，出产保险道、青干集、红毛渣子、干子地、中解渣子、老坦等有烟煤和无烟煤。每天分四班下井，就是：稍明，送黑，青申，夜班，每班工作六小时，九十三人，出煤二十斗（每斗二千斤）即算完工。每班工人是：打镐的十人，担筐的三十二人，搅把的四十二人，半杂工的三人，料理筐的四人，浇水的二人。

我参观完了煤井，在甬道那儿，工人都把我围了起来，要我给他们作一个政治报告。这实在"将"了我一"军"，我实在没准备这一套，但盛情难却，便给他们约莫谈了一下当时的政局形势。讲完以后，我反过来问他们："八路军来了以后的生活，和以前有什么不同呢？"

他们告诉我，首先是工人有了自己的组织，给自己说话办事的工会，改善了生活，这包括政治经济文化娱乐各方面生活，在政治上有了学习进步的机会，在文化娱乐上有了经常举行的游戏，更重要的是经济方面，像过去那样被厂方剥削的情形没有了。比如，减低工资，工人收入多就多减，这现象没有了，应该"跌活"的，现在也可以跌了，——一天规定出煤二十斗，但是煤层越开越深远，道子远了，套（每五尺为一套）多时，就应少出煤，要是一百套出二十斗，一个担筐的工人每天可以挑十担，多二十套，道子长了，应该少挑，现在可以照跌了。过去工人因为工作晚了，不回家吃饭，向厂方支米做饭，厂主抬高米价，市价每斗七元，他以七元二角卖出，现在不允许这样，一律按市价计算。过去发工资，包柜的有意杂些破票子给你，拿出去以后不能用，也不换，工人就吃亏，现在不可以了。过去，工资是五天十天一支，但是支薪以后，常常感到钱不够用，有时等不到十天，家里要钱买米没有；现在能够每天支。每天如果出不到二十斗，厂主不给工资，这叫"崩工资"，现在出活不够，说明原委，可以照付工资。其次，厂方叫主斗的捣鬼，量煤时有意把煤散落在地上，这煤就算厂方的，每天多的能弄到一二斗，工人就得多出活，多流血汗了。如今这情形没有了。

但这些还是比较次要的，主要的是调整了工资，减少了劳资的矛盾。抗战以后，物价上涨，工资怎样也追不过物价，工人一天的劳苦，换不了一个"饱"字，而厂方不肯随物价的高涨而调整工资，即使调整，怎样调整呢？物价涨落是有季节性的，在农村环境中，青黄不接时，物价涨；大秋以后，物价跌。如果按物价涨增加了工资，等到物价跌的时候，厂方就会感到吃亏了。结果工会政府和厂方议定了以粮食代工资，如一般工人就定为每天工资是一升八合八——农村物价涨落主要是以粮食为转移，而粮食又是工人主要的必需品。保证了工人生活的安定，工人生产热情也就提高了。

以上种种，就是边区劳动政策的具体实施——适当改善工人生活，提高劳动纪律，团结劳资双方发展生产。边区没有劳动法和劳动条例，这因为：边区产业落后，产业工人不多，各地生活水准不齐，规定一个统一的劳动条例和劳动法是困难的。边区工人的最大部分是农业工人，而且短工较长工为多，其中还有一部分是放羊放牛的牧工。工人在工会领导之下，生活都较战前改善，一般的实行实物工资制，照顾了劳资双方的利益。农业工人，冀中曾实行过八小时工作制，结果起了很大的纠纷，因为在中国农业工作的习惯是早去晚归，每年有忙有闲之不同，以后遵照农业习惯改变过来了。

在一般公营工厂里，试行每日十小时工作制，生活上采取供给制：供给吃、住、穿，并按技术的高低，每月发给八元到三十元的工资。

对于敌占区的工人，边区寄以无限的关怀，那些受灾受难的工人，边区曾进行救济和慰问，有许多家属更受各地区政府的优待。在敌人奴役下的工人，前前后后有不少到边区来，和边区工人一同享受民主自由的生活。

谈完之后，我们又一棚一棚地吊上来，一到了地面，见了西斜阳光，反而感到刺眼，慢慢才好了。这时我脸上鼻子里和手上已是乌黑一团，吐出一口痰来，也是黑乎乎的。井上分工会的主任说：

"现在你完全像一个工人了。"

我很高兴，我有资格列在劳动群里了。

洗了一个澡，换上衣服，和县工会主任一同走出，经理站起来，笑盈盈地送我们到门口，仿佛在庆幸我们的安全和他自己精神上负担的解脱，说：

"你们下井里去，我真担心，现在，好了，以后有空，请常过来玩玩……"

和张干事骑上马，跑到政治部，天已黑尽了。

068~073

第十章　地方性的联合政府

10.
地方性的联合政府

　　一九四三年一月十五日，边区第一届参议会开幕，我被邀去参与这在中国历史上空前的民主政治建设的大会，这大会像是一根色泽鲜艳的红线，划出了边区民主政治建设的新阶段。

　　作为边区最高行政机构的边区行政委员会，就是在民国二十七年一月在阜平召开的边区临时军政民代表大会选举产生的，这里面有国民党、共产党、无党派的人士，是地方性的民主联合政府，经过国民政府批准的。

　　五年来，晋察冀边区团结了各党派各阶层各民族和广大军民，在敌后残酷的斗争环境之下壮大起来，收复了数万里国土，建立了十三个专区，九十八县，六百五十区，一万五千三百六十六个行政村的民主政权，扩大统一战线，改善人民生活，实现了民族平等男女平等。

　　边区人民在民主政治的自由生活下，早就迫切地希望边区参议会的召开。在一九四〇年民主大选中，各地占全体公民百分之七十到九十以上的选民，选出了他们所信任的爱戴的参议员。由于解放区的战争环境和交通的困难，使得参议会不得不延迟到一九四三年一月十五日（这个边区政府诞生的节日）来召开。

　　会场是为了参议会而建筑的一个辉煌的洋式礼堂，在阜平县的一个山沟里，离它五里地便有阜平著名的温塘（这个礼堂后来被敌人炮火所毁了），礼堂里主席台前的雪白的墙壁上挂着聂荣臻将军亲笔题字：

　　我们屹立在太行山、五台山、恒山、燕山，旌旗指向长白山；

我们驰骋在滹沱河、永定河、潮河、滦河，凯歌高奏鸭绿江。

台上一幅两丈红底黑绒字的横联，是中共中央北方分局的祝词："为争取抗战胜利与建设独立统一和平民主繁荣的三民主义新中国而奋斗！"到会的参议员一共是二百八十八人，代表着全边区二千万人民的意志，这里有各党派各民族各阶层的代表，请听他们的声音：

回民参议员说："从来没有得到民族平等的待遇，只有在共产党八路军和边区政府领导之下，我们才知道什么是民族平等的真正自由生活。"

蒙藏喇嘛和尚说："敌人毁灭了我们宗教圣地，没有边区，我们就完全失掉了依靠。"

七十多岁的缙绅说："垂暮之年，得享自由民主之权，真不枉此一生。……"

虚度在中华"民"国名义之下的人民，三十多年以来，在解放区第一次真正享受到"民"国的主权，第一次真正以一个主人的身份生活在自己的国土上，他们有权过问一切国事。

开会以前，在离礼堂约莫半里路左右的一片广场上，参议员检阅了自己的子弟兵，这些子弟兵在敌后生长起来的，缴获敌人的武器，武装了自己。许多从敌占区来的参议员，看到这样齐整强大的队伍，增强了信心，有的五年没看到祖国的队伍，现在看到，感动得流泪了。

回到礼堂就开始进行大会预备会：筹委会报告，参议员资格审查，通过大会组织规程日程，最后全体选出主席团，结束了预备会。

下午正式开幕，聂荣臻将军代表中共中央地方分局和晋察冀军区讲话，郭飞天先生代表国民党讲话，对大会团结抗战团结建国的方针，都寄以热切的希望和信心。

第二、三天是边区行政委员会主任委员宋劭文的政府工作报告，第四天全体参议员展开广泛而热烈的讨论：对于扩大统一战线，加强对敌斗争，克服不平衡发展，加强生产建设，提高小学质量，注意优抗政策和防疫卫生……参议员对政府严格的指责和公正的补充，都为宋劭文代表政府——接收，补入到报告中去，全体参议员这才通过以这个修正的报告列入《第一届参议会汇刊》里去。

中共代表刘澜涛提出："请确定《中共中央北方分局关于晋察冀边区目前施政纲领》(《双十纲领》)为晋察冀边区行政委员会施政纲领及施政纲领实施重点"，大会一致通过，刘澜涛登台说明提案以后，边区国民党党务联合办事处主任郭飞天起立发言：

"《中共中央北方分局关于晋察冀边区目前施政纲领》，是针对边区客观环境的需要，坚持敌后抗战，巩固边区同胞的团结，保卫与发展边区而制定的。中国国民党在边区的同志们一向同意，并热烈发动这一《纲领》的实行，今经刘澜涛先生在大会提出，本席极表同意，愿作为边区目前施政纲领，使成为全边区同胞共同的行动纲领，并愿与友党人士及各界同胞亲密携手，共策进行，为实现三民主义新中国而奋斗。"

从这一重要施政纲领的通过上，充分可以看出在民主的基础上边区国共两党团结合作的精神。

本来接着是讨论通过边区行政委员会的各种条例，因为敌情突然紧张，把选举提前了。每个参议员得到印着大红印信的选票，慎重地写上他们所要选的参议会议长和住会委员、政府委员和主任，结果是：

正议长成仿吾，副议长于力，驻会参议员杨耕田、阎力宜、李

××、安××（因为在敌区，大会没有向外公布他们两人名字）、郭飞天、王斐然。

政府委员：聂荣臻、宋劭文、吕正操、张苏、王××、刘奠基、胡仁奎、刘×风、王××，主任委员宋劭文，副主任委员胡仁奎。

郭飞天、胡仁奎和刘奠基等都是国民党员，而共产党员占的数目只是三分之一，一位经历过民国以来的国会和地方议会选举的年老的议员，感动地说：

"这是我数十年来阅历人间，第一次见到的真正的民主的选举，一切都无可非议，真正的民主，完全的民主！那些被选出的人都是才德两全的有为人物，一定不会辜负边区人民的寄托与期望。这次选举完全证明共产党是所提出的三三制，实出于一片真诚。你看那选举的结果，有共产党员，有国民党员，有无党无派的中间人物——这真是言行一致，本人十二万分的钦佩！"随后李天俦等议员在大会上提出《弹劾完县县长案》，因为与事实不符，大会以二百四十九票对五票否决了这一提案。接着便讨论和通过《边区行政委员会的组织条例》《边区法院组织条例》《租佃条例》及草案等一百五十五件提案。

一切政府的法规条例，通过人民代表的讨论、修改、订正、通过，然后交给政府去执行，这样的法规条例和政府自然为人民所拥戴，也才能够贯彻实行到底，在民主的基础上，一切的困难都容易解决，一切的前途都充满了光明。只有在民主的联合政府建立上，作为国民政府的一个行政单位的晋察冀边区行政委员会，在解放区才得到巩固和发展，抗战中它是一个坚强的堡垒，建国中它是一个有力的支柱。除了民主的地方性联合政府，要想在敌后那样残酷的环境中生长壮大，是一件完全不可想象的事。这一政府形式，它给全国性的中央政权做了一个辉煌的示范。中国目前只有通过民主的联合政府的道路，才能解决国内一切问题，才能够走到一个民主团结和平富强的新中国！

大会在雪亮的电灯下，举行闭会仪式，宋劭文先生率领全体政府委员宣誓就职，举起了右手，高声喊着：

"某等谨以至诚，接受大会的重寄，执行大会的决议，矢忠矢勤，为人民服务，为完成抗战建国的事业奋斗到底……"

074~077

第十一章　货币的战争

11.

货币的战争

　　参议会开完会以后，我在阜平县一个村子里碰到边区银行的行长关学文先生。关先生个子不高，人很消瘦，甚至脸上骨骼都有点凸出，穿着一般工作人员制服，手上没有隆起的肉，也不抽雪茄，胸下更没有因为喝了过多啤酒而大起来的肚子，生活和一般行员一样，拿三十元一月的津贴——这是我所未见过的一个两袖清风的银行行长。因为行长没有从业务上养肥了自己，所以人民就得到了实惠。他是东北人，"九·一八"事变时，他还是沈阳的一个青年，亲身参加了白山黑水之间的战争，后来到关内来，依然不是在大学里学银行学货币学出身的人，但是他虚心学习，有为人民服务的精神，在以理财著名的边区财政处长宋劭文先生领导下，在敌人的后方，给敌伪展开了在货币线上的白刃战。

　　中国的货币一向是极为紊乱的，过去全国就没有过统一的货币，县有县币，省有省币，县省之间且不能相互流通，中央法币也不能完完全全流通全国。这样的紊乱情形，在以三省边界构成的晋察冀边区来看，显得更为严重。三省都有省本位币，流通数量很大，但三省之间不能互相流通各自的本位币，使得贸易上所受损失至大。另一方面，各种各样的真伪货币，全向这块没有巩固基础的金融阵地上浩浩荡荡杀奔前来。

　　为了活跃边区的经济，开始进行经济建设，打击敌人的掠夺阴谋，边委会成立后，遵照军政代表大会决议，抽资组织边区银行，关学文先生就担任了行长。

在边区银行成立并发行边币的前十日，伪联合准备银行也成立了，也发行伪联银券，于是乎金融大战的序幕揭开了。

"边票"是抗日票，"伪票"是鬼子票，在全边区人民的支持下，接受边票，拒绝伪票。敌人看伪票不行，就大量伪造河北钞与平市官钱局的小票子，用来夺取物资，此外还用大量杂钞冲进边区的阵地上来厮杀。由于边区准备充足，慎重发行，信用一天一天增高起来，再加上灵活的战术运用，在回击敌伪每一次进攻中，都打了胜仗。

敌人伪造河北钞，边区就禁止伪河北五元票流通，打击河北铜元票和保商银行钞票出境，停用平津杂票，把河北省银行钞票逐步贬值，到民国二十九年初，边区发行到一定数量，就整理各县土票，定期收回，逐步肃清。二十九年二月，为了维护法币，防止敌人吸收，套取外汇，边区银行用边币兑回保存，市面暂停流通。这年夏天，边区有了自己的统一的货币，打击了敌人，稳定了金融，人民得到无上的便利。

但是敌寇在金融上也是一个顽强的劲敌，前一战术没有成功，于是又想用敌伪票据来套取物资。秋天就把敌伪票据打击出去了。

民国三十年春，敌人又设了一计：用大量消耗品来套取必需品，边区旋即改订出入口税则，另一面又严密稽征，这一战，敌人又溃败下去了。

随后，敌人改倾销政策为封锁政策，进行掠夺政策，企图摧毁边区货币阵地。但在全体人民的支持与反攻之下，这块阵地依然屹立不动。一直到敌寇投降，伪票暴跌，边票更是一日千里地提高它的身价，现在张家口边票，十六元可以买一斤盐，四十元可以买一斤白面，一千六百元可以买一件呢大衣料子……

凡事只要为人民谋利，有人民拥护，没有不得到胜利的。

边区银行是真正为人民服务的银行，银行既非政府主席私人所有，也非院长部长独占，一切资金收益完全用之于民，他们的业务：一不是做黄金，二不是做美钞，三不是囤积物资，四不是垄断市场……总之一句话，不是为私人做生意，而是替人民服务。它的放款存款汇兑，完全是为了活跃边区的经济，帮助经济建设，改善人民生活。民国二十八年以来，边区银行所放的款一千八百多万，主要是用在救济水灾，开展合作事业，发展工商业，解决春耕困难，发展运销事业。

放款贷款不仅在业务上是为了人民，而且在贷款的广泛、深入、低利，解决问题这些方面，是中国银行史上所没有过的，是过去任何银行所赶不上的。

在这样一个为人民服务的方针下，有什么困难不能够解决呢？发展前途谁能怀疑呢？

078~081

第十二章 税收的革命

12.

税收的革命

　　曾经有人这样形容中国的苛捐杂税的繁重，"如今只有屁无捐"，足见除了放屁无捐税以外，其他东西几乎都有捐税。全国关卡林立，重重中饱。这些捐，这些税，表面上虽然取之于商品制造者和商人，实际上，间接直接地还是取之于商品消费者，这就是人民。

　　毛泽东同志在《论新阶段》中曾指出："在有钱出钱的原则下，改订各种旧税为统一累进税，取消苛杂和摊派制度，以舒民力，而利税收。"

　　在中国这样一个捐税的大海里，实行这样一个统一累进的税收制度，的确是一个空前的革命运动，一个伟大的艰巨的工程。

　　这工程首先在晋察冀边区完工了，在中国税收史上写下了崭新的一页，给捐税压驼了背的人民，在新的税收制度下面，开始舒畅地伸直了腰。

　　边区废止了一切的苛捐杂税，只有为便利军需民用与促进生产事业保护贸易制度以免资金外流，而征收外货入境税和本产货物出境税！其次为了确保财产所有权买卖自由权而征收买田房契税，除这两种以外便是统一累进税。县财政于边区，田赋、营业税公粮等统一于统累税，一年征收一次，以钱粮秣三种形式征收，扩大负担而至百分之八十，劳动收入也纳税，但有免征点和累进最高率。特别穷苦的人，不纳税。这样便达到"取之合理用之得当"的正确税收制度了。

　　统一累进税之耕地的计算单位，定名为"标准亩"。所谓标准亩是指：年产谷十斗之耕地为定额。统一累进税的各种财产收入的计算单位，定名为"富力"。

什么叫做"富力"呢？

如果是用土地计算的话，就是四标准亩为一富力；要是低租地，它的租额在土地总收获百分之二十以下的，这个财产税以收租每八市斗谷的土地，算做一个富力。

地租和农业收入以每十市斗谷，算做一个富力。

财产以每四十斗谷之价，算做一个富力，实物用市价折算来计算。

富力既定，统一累进税又按照富力的多少，定为十六等：第一富力前半个富力为第一等，后半个富力为第二等；第二富力的前半个为第三等，后半个为第四等；第三富力前半个为第五等，后半个为第六等；第四富力为第七等，第五富力为第八等，第六富力为第九等，第七富力为第十等，第八富力为第十一等，第九富力至十五富力为第十二等，第十六富力至三十富力为第十三等，第三十一富力至第五十富力为第十四等，第五十一富力至八十富力第十五等，第八十一富力以上为十六等。

统一累进税按等累进，从一至五等以点五为累进率，五等至十六等以点一为累进率。它的征税单位定名"分"，按富力等级定分，富力少者计分低，富力多者计分高，如第一等每一富力以八厘计算，而第十六等则每一富力以二分一厘计算了。

统一累进税以个人为单位计算分数，每人除一免税点，各项财产收入合计其富力不足一免税点的，就免税；超过一免点的，只就其超过之部征税。免税点北岳区定为一点五富力，冀中区生活程度较高，提高为一点八富力。没有劳动力的孤儿寡妇，在统累税进行调查时

（统累税每年征收前调查一次），请求当地县政府，把免税点提高到两个富力。而统税的计分，至第十等即停止累进。有了这样的免税点和累进最高率，就照顾到各阶层的利益，免去了旧社会负担面集中在穷人身上，也免去过去负担面集中在少数富有者的偏差现象，因为能够做到取之合理：有钱出钱，钱多多出，钱少少出的理想。

每年征一次，怎样进行调查呢？

首先由各村区县政府根据各花户自填自报的财产收入、负债和人口数目进行调查，调查审查之后，政府把结果通知纳税人，如果纳税人以为调查不对，在得到通知以后，可以声求政府重行调查。要是当地政府重行调查之后，纳税人还不服，怎办呢？纳税人还可以请求人民代表机关（如区代表会，如县参议会等）评议，一直到纳税人同意为止。

这是一方面，另一方面如果纳税人隐而不报，或以多报少，要被罚的。

税收上的伟大的革命工程，在全边区的人民帮助与支持之下，完成了。因为负担面扩充到全人口总数的百分之九十以上，纳税人口增加，每一个人的负担便相对地减少了，各阶层的负担同时也相对地减少了。一些贫农说："我打一两天柴就可以完税了。"许多人谈到统累税时，莫不笑逐颜开，说：

"边区真有聪明人，想出这样的好办法。"

因为这一新的税收制度，是公平合理的，是减轻人民负担的，征收时就非常顺利，冀中区原定两个月完成，半个月就完成了，有些地方三天就完成了。

082~085

第十三章　大生产运动

13.

大生产运动

单是减轻人民的负担还不够,这是消极的办法。积极的办法,是增加人民的财富,才能真正做到改善人民的生活。在农村环境里增加人民财富的路子,是开展农业生产。

"惊蛰"(三月六日)时分,全边区展开了大生产运动;各户各村各县都订了生产计划。

边区经过这次残酷的扫荡以后,人力、物力、畜力都遭受到空前严重的损失,边区政府首先补充了大批牲畜,贷粮一万六千大石,赈粮九百大石,解决了农具、种子的问题,恢复了灾民和农民的生产力,群众生产与战斗情绪和胜利信心更加提高了。

从"惊蛰"到春分(三月二十二日)生地已大都耕完,到四月底北岳区土地已完全耕过,有不少地区还进行了复耕,早熟作物统统播种,有些地区纺织和运输事业大大展开起来了。

"种地没粪白费劲。"这是一句农谚,边区抓住这句农谚,作为中心口号,推动造肥。曲阳县号召一人一日一筐肥料运动。从旧历正月初到三月,不过两月之间,只是一个区就造了六万多驮的肥,至于冬粪秋粪则都送到地里去了。完县李县长,安县益县长,出门工作的时候,肩上都背着一个粪筐,李县长说:"人家拾粪不拾稀的,稀的我也要。"

各地更展开了变旱地为水地的运动,修渠建堤、护堤、凿井,单是曲阳一县就完成了三百九十四眼井,能够灌一千二百一十一亩地,而第三军分区原来变旱地为水地的计划只希望三万五千亩,在军民热情的支持下，结果竟超过了。

随着农业生产的开始，家庭副业也热烈展开了。用完县一个区做例子来说：推行纺织的就有一千〇八十八户，织布的四十八户，五十七人，养猪的大大增加，一户一猪的要求，部分村庄已可以做到了。

合作社也跟着农业生产开展而蓬勃地发展了：曲阳三百十二个村庄的合作社，三分之二以上已整理起来，在解决农具和种子方面，他们有了很大的贡献。合作社在群众中威信因之提高，股金自然就加了，就连比较落后的张合庄的合作社股金，也从五百元扩大到一万五千元了。

在机关部队方面的生产同样地活跃起来，仅仅是第三军分区的部队就种了六百多亩地，许许多多知识分子出身的干部参加了劳动，曲阳县一级的女干部组织纺线组、缝洗组，和男干部变工生产，有的女干部要求当电话员，让电话员去生产。

劳动改变了一切：改变了自然，改变了知识分子轻视劳动的观点，改造了小资产阶级出身的人的思想意识，加强了群众观念，从实际中锻炼了自己。

由于大生产运动的开展，敌人扫荡所带来的灾难、怨恨、暗影……一扫而空了。现在有的是火样的热情，钢样的意志，铁样的信心，先前某些群众曾担心："今年不知道要荒多少地呵！"现在把所有的生地熟地都耕完了。许多年老的人在这样轰轰烈烈的大生产运动前面，也不免吃惊地说道："没见过耕地这样快这样彻底的。"

先前逃荒的人，现在都回来了。

在大生产运动中，政府又号召战斗与生产结合，劳力与武力结合。很多游击队员白天耕地，夜晚练习埋地雷，上冬学休息时学射击，开会讨论战时生产办法，在边区边缘与游击区，游击小组掩护耕作，已经成为家常便饭了，这时候主力更经常出击，使敌伪不敢出来随便扰乱和破坏春耕。

在生产热潮的冲激下，许多二流子都得到改造。比如懒汉经过劝说还不生产，村里就到处唱道："懒汉懒婆，光吃不做。"懒汉在这样的浪潮里是没有存身的余地的，很多懒汉听到人们笑他、歌唱他，便哀求地说道：

"不要唱了，让咱们也积极起来吧。"

于是全边区的军民，都卷入大生产的热潮里去了。

086~089

第十四章　劳动互助合作社

14.

劳动互助合作社

在大生产运动中，如何把边区已有的劳动力发挥到最高的限度，有些没有劳动力的家庭（如孤儿寡妇老弱者）怎样帮助他们耕种。

这是一个大问题。

另一方面，几千年来的中国农业劳动，都是分散的个体生产，一家一户一人便是一个生产单位，这是封建统治的基础。使得农民长期陷于奴役和穷苦的命运里。要想从这样悲惨的命运里求得解脱，逐渐达到繁荣富裕的境地，唯一的道路，就是逐步走向集体化，这集体化，并非是苏联式的集体农庄的合作社，"我们的经济是新民主主义的，我们的合作社是建立在个体经济基础上（私有财产基础上）的集体劳动。这又有几个式样，一种是'变工队'、'扎工队'、'唐将班子'，这一类的农业劳动互助组织，从前叫做劳动互助，又叫耕田队。"

在晋察冀边区，叫做劳动互助合作社。第三军分区，已经出现了这类形式的合作社，如曲阳邓家店、蔑家庄、李树沟等村的便是，完全是群众自发建立起来的。我花了两个星期的时间，访问了这个人民自己创造的劳动互助合作社。

第三军分区劳动力的组织，基本上有两种形式，就是拨工和包工。已经有的拨工组织形式有三种：第一种是以主要劳动力为主的拨工，比如人与人的拨工，牲口与牲口的拨工，人与牲口的拨工。这一种比较简单，也比较普遍，许多已经组织起来的劳动力便是这一种居多。有许多男与女拨工，男替女做地里活，女给男做针线。

　　第二种是以户为组织的劳动单位，所有劳动力都参加拨工，是第一种拨工的发展。唐县张合庄的拨工组织是用这样的办法：全家所有的劳动力，如人、牲口、小孩、妇女，都组织起来，民主地估定工率，要是有突击任务时，像种大麦的时候，由拨工组长领导，大家来做，做的时候，不以户为界，例如同时几家妇女儿童可以给一家送粪，男的劳动力可以给另一家耕地，由组长计算活计。

　　第三种就是我所访问的劳动互助合作社。这种形式，在边区还没有展开，还不够普遍，但这是一个组织劳动提高生产的新形式，有着远大前途的形式。

　　这种形式的合作社，它的特点概括起来，是：有钱入钱，有物入物，有劳动力入劳动力，折合工率等价入股。邓家店合作社的规定是这样的：

　　一、入股以成年男子劳动为标准，算做一股。

　　二、牲口入股，该村都是驴，同时每个牲口大小强弱上下差不多，所以不作折合，一个顶一股（别的村有骡马驴牛等牲口，则应按其劳动力的强弱，折为股金）。

　　三、物股与钱股，根据当时情形，一个成年劳动力一天吃的米数和所挣的工资合计，为二斤米十元钱作一股。一个成年劳动力与一个驴等价（是一个时期的折合率，可变动的）。

　　这样，使人工与畜工都有价值。女童工可用手工业生产额折合等价顶工。

　　邓家店等三个村的劳动力互助合作社，通过工资形式把不等价拨工变成为等价，一次应还的工可以变成分工，慢慢地来还。农业上的工，可以由手工业的所得，分期归还。这就是所谓"整拨零还，零拨整还"。

请举一个例子来说明。

张富云给六十一岁的张老婆婆变了一个工，可是张老婆婆不能还张富云的工，怎办呢？合作社就给张富云二斤米十块钱，算是合作社还了他一个工，张老婆婆欠合作社一个工。张老婆婆会做鞋子，合作社买她的鞋子，在盈余里分期归还，假如实在不能还，合作社另有办法：立契行息，算做贷粮，秋后再还。这样一来，就是"整拨零还"。

合作社的贫苦社员，平时没有饭吃，可以向合作社借粮，积欠到二斤米，十块钱，这人只要给别人拨一个工，便还了账。这就是"零拨整还"。

通过这样的劳动互助的方式，人民的生产力和收益增多了。比如唐县北店头一个人赶八个驴驮粪。六亩地的粪需驮二十四天，结果十二亩地的粪六天就驮完了。

还有一种农业生产和贸易合起来的创例：曲阳三区灰岭一个户组与拨工组，这个组有七个男劳动力经常抽出二人去贸易，五个人经营农业，集中使用资本，按照劳力分红，生产既可增加，贸易更能多利。

经过这样的广泛组织劳动，全边区的劳动力无形之中增加了，比如五百万个劳动力，互助拨工以后，至少可以增加到数十万至百万以上，人民的财富自然额外地增多了，也自然可以都从穷困的深渊里逐步出来。

090~094

第十五章 一个劳动英雄的故事

15.
一个劳动英雄的故事

访问三个劳动互助合作社之后，我向着军区北线走去。路经阜平八区朱家营，我准备住下来，一方面休息，一方面想了解一下在大生产运动的浪潮下这一带村庄和人民的生产情形。

朱家营全村有一百三十多户，在抗战以前有九十多户没有吃的或者不够吃的，可以说是山沟里一个典型穷苦的村落，许多最穷的人家，经常以树叶代饭，用枣代饭已是比较富裕的了；自己虽然是种地的，出产粮食，可是吃不到嘴里，不是征了粮纳了税，便是用小米换杂粮，这样可以多糊几天口。这是旧社会没落以前的暗影。

抗战以后形势就变了，请先从我看见的一个人物谈起。

这是一个六十三岁高龄的佃农，他的名字叫做胡顺义。

我住的地方，离他家只隔两个院子，每天不到东方发白的时候，便可以听到他在院子里的咳嗽声了。等到天亮到村外散步的时候，他已经在地里播种了；而当我吃过晚饭，黄昏时分，走到村口时，这时虽然天快断黑，不能劳作，但是他还不回来。在暮色苍茫里，我总是看他一个人站在田塍上，抽着羊骨头的旱烟袋，烟锅里，闪闪发着火光，他凝神地望着亲爱的土地。

慢慢我同他熟习了，便拉起话来。

胡顺义是一个老佃农，谦虚朴实，待人热诚，能为大家吃苦，自己辛勤劳动，他在村子里是被人尊敬的老人。远在民国十一年的时候，村里的财主们叫他当村长，目的不是为了别的。是想利用他向穷户人家多摊款。村长做了，但是他没按照财主的愿望去做：他给财主摊得多，给穷人摊得少。这自然招了财主们的不满，于是乎在区里告了他一状。他不在乎，也不屈服，联合了九十多家穷户人家和财主们打官司，他胜利了。

抗战以前，他租人家十八亩地，单是租子就要交十石五斗粮，他苦笑地对我说：

"同志，说起来真伤心，那年头种地多，还不够吃，一年到头在地里辛辛苦苦，全是给地主拿去了。"那时候自己只有常年吃树叶吃糠的份儿了。

八路军到了边区，边区政府成立了，穷人这才翻了身。首先是实行二五减租，地主不能收高租，不管多少收成，租子不能超过正产物的千分之三七五。胡顺义十八亩地的租子，从十石五斗减到三石一斗五，自己劳动的收获开始大半为自己所有了。

政府又鼓励垦荒，因此从民国二十九年开始，每年除了种自己的四亩九分和租地十八亩以外，每年还垦一二十亩荒地，这些地，地板薄，都是轮荒地，每年种二亩半小玉茭，半亩大麦、山药，十六亩玉茭，三亩谷子，除这些，还垦了三十四亩生荒，开了十五亩熟荒（就是从前开过的轮荒地）。因为他勤劳，上的粪足，锄的细，年上二十三亩地，每亩比往年多打了一斗（两斛半的斗），共收玉茭谷子十一石多斗；开荒地收了二石多荞麦，两石多苦荞，三千多斤山药，三千斤萝卜，菜蔬、瓜豆还不算在内。

饲养呢？胡顺义养了三头驴（其中有一头驴驹，是边区政府给他的劳动英雄奖品），五头牛，十二只大羊，四只小羊，三口猪，并且他还种了四十多株柳树。

我和胡顺义谈的很接近，几乎每天都要拉一阵子话，有时在地里，有时在我住的院子里。他常约我到他家去玩，他家的人就把我当做他们家庭中一个成员似的，无话不谈。

他家里一共有九口人，一个八十二岁的老娘，三个小子，大的二十九岁了，第二个二十六岁的都娶了媳妇；第三个没娶媳妇，方十八岁；另外还有两个女孩。家里没有一个懒汉懒婆，两个大小子种地，最小的放牛，两个女孩捻线，两个媳妇做饭，地里忙的时候也下地帮着拔麦收割。他八十二岁的老娘也要参加劳动，她说："一个人闲下，就嫌闷的慌，光吃不劳动是懒汉，也要干个营生才对。"胡顺义想来想去没有适当的活好给娘做，便逗笑地问娘："你捻线好不好？"娘同意。但是没有棉花。胡顺义给娘找棉花，劝她不要多捻，累了就不捻。娘说五天准交一两线，从此就捻起线来了。胡顺义家养了十二只羊，可是没人会熟皮子。两个大小子学会了，熟了十二张挂在屋子里，媳妇缝皮子，冬天家里都可以穿下皮袄了。过去，冬天没有棉衣的日子，像是河里的水一样的流过去了，在新社会里永远不会再来了。

胡顺义不仅自己劳动好，他还帮助了别人。

朱家营从前虽然有变工队的组织，但那是"富的碰富的"的"实变工"，给谁家做吃谁家的饭，不吃糕就吃豆，穷人是变不起的，胡顺义把它改成"干变工"，"穷的变穷的"，自带干粮，到地里伙吃。这样穷人变得起了，大伙都能参加变工小组了。去年他组织了十二个变工小组，把全村劳动力的百分之八十组织了起来，牛工也顶人工。有一个懒汉叫做刘三妮，胡顺义想办法推动他，让大家选刘三妮当变工小组长，各方面好意督促他，批评他，刘三妮变好了，成为一个好劳动力。大家组织变工小组，使得劳动力增加了，十个人可顶十二三个的活。全村垦了三百四十亩荒地。

朱家营附近有一道渠，年久失修，荒废着，从前怎么也修不起来。年上胡顺义组织了一百二十多人的变工队，四天就把渠修好了。能灌溉一百三十多亩地。区里知道了，又请他到下关去领导红草河和东西下关的群众去修。他每天来回跑二十里地，开头自己还带干粮去吃，跑了将近一个月，这道渠又修好了，能灌三百多亩地。

在胡顺义推动和帮助之下，不仅他自己翻了身，改善了生活，村里的人也都好了。现在村里多垦了荒，加上组织变工队，全村不够吃的（短二三个月的粮的），九十多家只剩了十来家了。

胡顺义成了这区的劳动英雄了。

他听到今年开展大生产运动的消息，想了好几天，便作了如下的计划：

农业方面：

做到深耕细锄三遍，每亩多上十担粪，多垦三十亩荒。与人轮修滩地十亩，比上年增加食粮十二石五斗，四千斤菜，一千斤山药。这样全年要收粮食四十五石，菜三千斤，山药四千斤，压绿肥二万五千斤。

家庭副业方面：

增养一头牛，十只羊，十五只鸡。

关于全村生产方面：

继续领导变工队，全村牲口合犋，保证全村不荒一亩地，按时下种，把抗属地种好，帮助本村半数以上人家作计划，在战时坚持生产，好好坚壁。

所以胡顺义就从拂晓到黄昏都忙得不可开交了。生活因之一天天好了起来，——一个贫农上升为富农了。

095~099

第十六章　新式家庭的成长

16.

新式家庭的成长

离开朱家营北去途中，在张家庄我发现了在新社会的民主生活下，人与人的关系有了显著的变化，我这儿只谈一谈家庭间的关系的变革。

首先，我想写点在别地方看见的事情。

当我有病在军区卫生部休养的时候，在水峪附近的一个村庄，看见一个女孩子拉着她母亲的衣裳角，倒在地上幽幽地哭泣。是阻止母亲到什么地方去的样子，我站下来上去问她们，原来是：母亲今天去外婆家，本来要带女儿去，女儿去儿童团请假，因为儿童团要开会，没准假，母亲硬要她去也不行，所以女儿不要母亲去，母亲虽然有事急着要去外婆家，终于被女儿的哭声阻止了，她们两个一同回去，改一天再去。

还有另外一次。

那是发生在平山县苏家庄，祖父给孙子生气，说孙子不听话，不准他吃晚饭，孙子也不敢吃。这事被青救会知道了，孩子是青救会的会员，青救会主任跑来找祖父，说："孙子是你的，你应该管教，但是，同时他也是咱们青救会的会员，不应该不给他吃，饿病了，不能工作，国家受损失，不好的。"祖父的虐待办法只好收起，教孙子以后要听话。

这还是一个人的，现在我们来看看张家庄家庭的变革。

张家庄有个姓李的，名叫李襄成，年青时候，家里很穷，是个贫农，并且是过继来的，经常受到继母的虐待，母亲私卖家业，李襄成毫无办法，就和母亲分开了。

边区政府成立以后，他买了六亩地，连先前的，一共有了三十二亩地。全家九口人，本来光景可以过得蛮好，但是他的三个大小子和三个儿媳妇，各有私心，都怕自己多吃亏，多劳动，也都想多用家里一点，甚至有了个别的媳妇还在公家中偷一点作为私有；除了一个不懂事的小孩之外，其余八个人，真所谓："人心不同，各如其面。"在这样情形之下，家庭的浪费是很大的，媳妇每天总多做两个人的饭，多了就喂牲口。少了时就再做，又多了。

原来一家可以过得舒舒服服的生活，便弄得吃穿困难，各人的生产情绪也不高。到后来，各人发愁打算分家了。

这事情被政府工作人员知道了，劝他们全家团结起来，各人订生产计划。李襄成接受了这个意见，他便对家中每一个人说，大家谈，这样酝酿了一个多月。恰巧这时候，县里的劳动英雄大会在他家院子里开，劳动英雄和模范家长的每一次发言，都打动他的心，他就叫儿子来听；妇女发言时，就叫老婆媳妇去听。他们八个人听到劳动英雄的话，又亲眼看到劳动英雄被人尊敬的情形，于是下决心订生产计划了。

订计划以前，李襄成召集了一个家庭会议，他自己报告家中的困难，要大家团结起来才有好的日子过。大家把很多年来压在心里的话，都说了。并且是先批评自己，再批评别人，大家的话说清楚了，意见也就一致了。

　　李襄成先把家中生产情形和支出计算一下，去年产麦子四石二斗，杂粮十三石四斗，共产粮十七石六斗，除了吃用，出租仓谷和公粮十四石一斗外，余三石五斗，到今年春天，还短七石八斗，欠二石三斗，共短少十石三斗，再加上油盐布匹农具之类的，一共要需一万三千二百三十元。

　　于是各人订计划了。大小子除在家种地外，做半年雇工，可购二石八斗粮。李襄成和二小子种自己地，加工加粪，每亩加到四十五担，保证三十亩地打三十石粮。三小子赶牲口运输，可以得十石。大媳妇每月织布二斤，全年二十四斤，一月再弹花十斤，抽鞋底一双。二媳妇有小孩，每月织布一斤半，全年十八斤。三媳妇每月织布两斤，全年织二十四斤。全家订了生产计划之后，除了吃用开销，还可以余粮六石五斗，布六十六斤。

　　此外，又订了节约计划，每天节约小米八合，再没有少饭剩饭的现象了。

　　开会当中，选李襄成和他老婆为全家领导者，男的编为一组，大小子做组长；女的编为一组，大媳妇做组长；小组会半月开一次，家庭会议一月开一次；有什么话都当面说，有什么问题，当时提出来解决。会议是从晚饭后开始的，一直开到鸡叫三遍天快亮时才完，然而没一个人感到疲倦的。

　　两个月过去，在家庭会议上，各人报告自己的生产成绩，都超过了计划。李襄成特别从生产中拿出一百二十元，奖给三个小子和媳妇，下一个月的生产，大家干得更起劲了。

　　生产热情提高，生活改善，大家和睦，有话当面说，说完就解决，八人团结得如一人，媳妇做完饭，上了冬学，回来总是一屁股坐到纺车旁边，纺线了。

李襄成见人总是笑嘻嘻的，碰见谁都高兴地说："咱活了五十多岁了，没见这样的事，这两个月光景过得又好，心里又舒坦又踏实。"

这样的新式家庭，在解放区逐渐增多了。社会的变革改善了人与人之间的关系，改善了家庭的关系；人与人和家庭之间的关系改变，反过来也会促进社会更进一步的变革。

100~103

第十七章　人民有了文化

17.

人民有了文化

离开张家庄便向第一军分区去，我准备在易（县）满（城）徐（水）地带，停留一个短时期，便过拒马河封锁线，到平西解放区去。

黄昏，我进入岗南村。在村口，我的马给儿童团拉住了，他向我敬一个儿童团的礼，伸过小手来向我要路条，这我是知道的，便给他看了。以为可以走了，可是不行，他指着村口那块一人高的黑板问我：

"同志，这四个字什么字？"

我看了一下，当时没告诉他，反问他这干什么，他说这是今天要识的字，如果认识了就让我走，否则要认会。我只有读给他听了，这才放了我的缰绳，歉然地说：

"对不起，麻烦你了，同志。"

我就住在岗南村。边区的教育是很注意推行的，刚才就是岗哨认字牌，每县（有的是每区）规定每天识那四个字，凡是过路人，都要认，会认就放走，否则把你教会，如此一来，凡是出门的人，一天总可以认四个字，他回到家里就可教人。

这只是一种。

在边区，按照农村习惯，有各式各样的学校，除正规小学中学大学和各种专门学校外，有青年识字班，妇女识字班，有歇晌时候的午学，有冬闲时候的冬学，都是不要钱的，课本也发，提出"会的教人，不会的跟人学"的口号，广泛地推行小先生制。家里只要有一个人识了字，他便是这一家的先生了，于是乎有妻子教丈夫，儿子教父亲，孙女教祖父的故事，到处传为美谈。

这还不算，有的全家上学的，在学校里，在家里更展开竞赛运动，一家之中，我经常看到丈夫和妻子，父亲和儿子，祖父和孙女，嫂嫂和小姑的互相竞赛，争取"学习英雄"和"文化战士"的荣誉。

我在岗南村吃过晚饭，和村教育委员拉起话来，他见我那么惊奇于边区教育，发展，他平淡无奇地告诉我，这算不了什么，到处都这样，岗南村里就有一位七十多岁的老太太和她孙女竞赛，看谁识的字多，记得牢，认得快，每天吃过晚饭就相互问一问，考一考。祖母记忆力差，她就把每天识的字请人写好，贴在锅台的墙上，她一边烧饭，一边就认字；不烧饭的时候，就默认，忘了，马上便到锅台面前去认。孙女虽然记忆力强，但是工作忙，每天要放一群羊到山上去，她把羊放到山上吃草，一边就坐下来，用石子在地上写。每天她放羊的地方，总遗留下许许多多的字。

祖母和孙女相互竞赛，相互帮助，也相互进步了。

过去和文化教育绝缘的农民大众，现在已把念书认字列为他们日常生活中重要内容之一了。他们从愚昧无知的封锁下慢慢睁开眼睛。

经过这样广泛普遍的识字运动，人民对念书上学的热忱提高了。开初，还要动员去，才有人来上学，目前不动员，也不愁学生了。大家都为自己准备下书本，小本子，铅笔，有些人还有自来水笔呢，许多村干部和群众大襟上都挂着一支自来水笔。自来水笔多到这样一个程度：边区政府发现这是边区每年的大批入口货之一，因而有大批资金外流了。下令禁止入口，劝干部改用毛笔和铅笔。别的且不去管它，单从这一事实来说，可见边区人民文化水准提高的程度了。

远在民国二十七年冬天，边区政府就规定了扫除文盲的计划，号召普遍成立夜校识字班，虽然没有历年精确的统计，只要从二十八年春天和四月间的北岳区的统计不难看出发展的概况：二十八年春天北岳区识字班成立了二千处，学员才一八一七九四人，到四月间，发动了一个识字运动周后，入学人数已增到三九〇四九五，比二十七年增加五倍以上。到三十二年北岳区的冬学就到八千八百三十一处了。如今，自然是到处展开学习的热潮了。妇女在识字班中是很为活跃的，像四专区二十七年上冬学的妇女才一二七二四人，到二十八年就有三六〇六五人了。增加到三倍以上。

群众不仅在文化学习上那样热心，在时事研究上，在政治学习上，那贯注的热忱也是可惊的。平常他们就有读报组织，上课时更希望先生讲授时事和政治，大家也以此相询问。每年每次检阅时，如自卫队检阅，青抗先、儿童团检阅，里面总有一次时事问答，政治测验，简单而扼要地提出几个中心问题，叫每个人回答，作为竞赛的标准之一。

所以，有些从敌占区来的大中学生，政治水准和认识，是远不如边区一个普通的农夫农妇的。过去北方文化中心在城市，城市的人民总比乡村的人民水准高，现在是颠倒过来了：乡村的人民水准高，知道多，懂得多，做得多，城市的倒反而落后了。

法西斯使人民愚昧，民主使人民聪颖。

104~108

第十八章　乡村文艺

18.

乡村文艺

入夜，如眉的下弦月挂在槐树梢上，岗南村已经是静静的了。村里很暗，只是临街东头的一家屋子里，窗户里透出闪闪的灯光，里面有杂乱的人声，像在讲话，像在吵架，又像在开玩笑，我好奇地走过去。

进屋一看，里面有五六个妇女和两个男子，其中有一个是住在本村的区妇救会主任，她在指手画脚地讲什么，见我过去，他们都戛然停止了，全注视着我。

这是一个村剧团的一部分人在排戏，准备迎接中秋节的大会，我请他们排下去，推让一番之后，排戏在进行了。戏是写一个顽固婆婆，开初不明世事，不让女儿媳妇参加妇救会和一切村中活动，女儿媳妇偷偷参加，终被发现，于是大叫大闹，村中人劝解，区里人说服，婆婆再三不肯，提出许多理由，经过大家劝说，又见事实进展，全村进步，个个如是，她也不坚持，不仅让儿媳参加，而且自己也成为妇救会积极分子之一了。

所有村戏团中的人，程度最高的是进过小学，其余的大半是识字不多，生活自然是丰富的。戏本是她们自己编的，导演是她们自己，演员也是她们自己。

我在旁边简直是看得出了神，不像在看戏，如身临其境一般，而那台词语汇的丰富生动形象，超出我所看过的任何一部名剧，这不免使我有点惊奇。

戏排完了，我跟那位剧作家兼导演的区妇救会主任谈，她告诉我，这些全是事实，是本区的真人真事，演媳妇的就是那个媳妇，刚才不过是再现了过去的事，加以剪裁和穿插罢了。有了真实生活的基础，补救了艺术上的不足，虽然不完整，但感人的力量还是很大的。

区妇救会主任，小学程度，是乡村艺术干部训练班的学生。这个训练班是在一九四二年，由五专署的铁血剧团和边区的周巍峙领导的西北战地服务团所创办的，到每一专署调集专署的县区村的乡村艺术人才和爱好艺术的人，集中在专署训练两三个月，教授文艺、音乐、绘画、戏剧等部门，然后回到各自原驻的地方，在那一个地区便可以开展乡村文艺工作了。

一九四三年又到处开了短期训练班，这一时期铁血剧团训练了二千一百六十七名，边区文联会和西战团训练了二千三百五十七名，岗南村的区妇救会主任便是四千五百二十四名学生中的一员。

边区的乡村文艺是很活跃的，荒凉而又寂寞的山谷，如今变成了充满了歌声的乐园了。平时，差不多每一个青年农夫农妇都会唱三个以上的新歌子。在边区黄昏时分，走在路上，可以看到三五成群从田地里回来的农民男女，揹着锄头，唱着新歌子，有的还在指挥，打拍子，一路嘻嘻哈哈地走回去。过年，过节，过纪念日，更是活跃的日子，全村全县全边区便卷入文化娱乐活动的热潮里去了，演戏、唱歌、扭秧歌、打霸王鞭……这时候，大半以村剧团为活动和领导的中心。单是北岳区，有一千多个村剧团，后来为了提高质量，改编缩减，留下七百多个村剧团。

村剧团不仅在纪念日和年节时演出，平时也进行活动的，活动范围不限定舞台和圹场，有时在集市上也进行的。例如轰动周围数十里地的阜平县广安镇的街头剧便是一例。

广安镇是一个中心集市，村中小学教员村干部和村剧团配合，在集市上演出以除奸为内容的街头剧：一个新去的小学教员化装了一个汉奸，在一个卖零食的小贩那儿吃东西，吃完之后，拿不出钱来，一边要付钱，他不肯付，马上有人上去盘查，盘查之下，发现这个人是汉奸，全集骚动，远近传闻，连小贩和赶集的群众都真以为他是汉奸，所有的人都卷在剧中去了，这时分不清谁是演员和观众了。但大家没有一个人知道是在演戏，群众除奸的警惕性空前提高了。

　　这个广场剧很成功地演出，其特点，不用场景，不用器具，不受人数的限制，很适合农村环境。

　　庙会宣传也有新的创造，就离我住的岗南村不到百里的一个村镇上，当时因为灾情严重，上级很难进行教育工作。区干部组织一些民间艺人，到庙会上去作演讲、说大鼓书、拉洋片、变戏法、唱歌、演新旧戏……内容是配合当时的政治任务：生产度荒，一面反映群众的痛苦，一面也指出应走的道路。

　　在征文运动上，也可以看出乡村文艺活跃的情形。冀中军区有过《冀中一日》的征文，收到数千份的稿件，那群众性的广泛是可想而知了，这不去说它。在北岳区也有了征文，这运动三个半月结束，较远地区不容易或较迟才能收到，但当时已收到七百多件，文艺作品最多，戏剧次之，音乐美术较少，但在音乐上就发现了十八位的群众作曲者，有的已在妇女中流传开去了。有一青年，在半块葫芦瓢上糊几层麻纸，做了个并不美观然而奏起来却不坏的"瓢琴"。

　　应征作品的作者有六七十岁高龄的士绅、大学生、小学教员、文救会员、村剧团集体创作、农民和敌区一部分的人民。

　　人民一掌握了文艺，文艺便有了新的生命了。

在村子里住了几天，又到附近部队去看看，交涉派人护送过封锁线到平西去，三区队答应派一个侦察班长和四个侦察员送我到河那边去。我整理了一下行装，不必要的东西都包扎好，只是把一个简便的行李装在马鞍子里，收拾好了，太阳已经到了当中，我又去和村干部和村剧团告别，这才走了。但心里觉得有点什么东西没有得到的失望感觉，这就是没能看到岗南村剧团的演出。

出了村，地里的农民都回家吃中饭去了。

109~112

第十九章　在据点间穿行

19.

在据点间穿行

过四十里地，夜晚宿在花园村。

花园村是在一座高山之麓的小村落，离敌人据点不过三十多里地，但是敌人平常不敢来，更不敢越过山岭，因为曾经有一次越过山岭，被八路军消灭了一大半，从此就不过来了。

山那边是一个奇怪的世界。那儿大部分是属易县管，站在山头上，向右望去，遥遥可见二十里外的紫荆关雄峙在山腰，这是敌人一个大据点，属敌人华北派遣军管辖；左边二十里外，是王宏镇，属敌人蒙疆派遣军管辖；在这两个管辖区之间是一条约二三十里长的山沟，也就是两边的边界，这地方是谁都管的，但是有一个限制：就是敌人相互不进入各自的防区。

山沟的口子前面是拒马河，一道自然的封锁线，东西各去五里之遥，都有警备部队，山上还有瞭望岗哨，如果发现有人偷渡，敌人的快速部队和骑兵马上就赶到，同时，支在山头上的重机枪随时可以向任何一个渡河点扫射。这还不算，两边敌人还经常派流动部队和汉奸来往巡视抢劫。

但，这是晋察冀一分区和平西解放区的一条唯一的要道，抗战以来，没有一天断过，而且就在这条山沟里，住着八路军游击部队和政府工作人员。他们虽常遭受到敌人的袭击，有时，倒下一个去，工作也不会停顿，又一个接上去。

拂晓，我们便在花园村吃完了早饭，同行的几个人又装满了一磁缸子的小米饭和几块咸菜，封了口，挂在皮带上。冒着浸润的晨风，向山上一步步走去。爬到山岭，天才大亮，一轮红幢幢的太阳从山的海里慢慢露出脸来。护送我们的侦察员指着右面的高山下面的方面说：

　　"那就是紫荆关。"

　　听他说这一句话，大家都精神起来，也都警惕起来，往下走，步子便快了。两个侦察员先走了，留下三个侦察员和班长陪着我们。我们在密林里穿行，在岩石边急走，快走到上铁炉村的当儿，前面忽然有个老乡向我们直摇手，我们停了下来，老乡快步跑上来，低声告诉我们：不要再往前走，今天上午紫荆关的汉奸队又出动了，还在下面哩，走下去，碰到他们，会吃亏的……

　　他的话还没说完，山下忽然爆发出两声清脆的枪声，侦察班长马上带我们隐入道边的树林里，马也很有经验似的，一块跟着入树林，一声不响，连蹄子也不像往常那样一站下来就踢地上的土，只是静静地站着。

　　坐了一会，侦察班长见没什么动静，就派一个侦察员前去探望一下。我们在树林中舒适地休息起来了。不到半点钟，先下去的侦察员气喘喘地跑回来了。他叫我们快走，一边走，一边说有十几个汉奸队给我们两个侦察员事先发觉，打走了。现在他们已去守着渡河点，我们快点过去，免得汉奸队回去报告，敌人封锁住河口。

　　出了沟口，撇下大道，侦察班长带我们走入了高粱地里，四处什么也看不见，只是密密杂杂的高粱秆子和叶子，我骑在马上，竟然头还露不出来，马急走着，碰着叶子，发出沙沙的响声。

我在马上很奇怪，出沟口不是说就是拒马河吗？怎么走了半天还看不到河呢？正在奇怪的当儿，侦察班长向后传下了话：

"叫后面快走，不要掉队！"

话刚说完，走出青纱帐，眼前竟然就是拒马河，我高兴得跳下马来，徒步走去，后面的人也跟上来了。前面走的两个侦察员已过了河，伏在对面河边的山顶上，给我们警戒两边据点的敌人。河水并不深，不到大腿叉子，大家解下绑腿脱了鞋子，哗哗地渡过去了。

敌人严密警戒下的拒马河封锁线便是这样平易地渡过来了。

在平西解放区军部专员公署和挺进报社住了不到一个月的工夫，给萧克将军谈好，我准备从平关过永定河到平郊解放区，进敌寇统治下的北平城去，我要去看看这座古城被敌人糟蹋成一个什么样子。

113~123

第二十章　从涞水到北平

20.

从涞水到北平

沿着拒马河前进

如果以北平城里为圆心，画一个圆圈，那敌人在北平的统治半径，还不到六十里地：东直门外，去通州的路上，有冀东军分区部队，控制了这条华北和东北之间的走廊；南面，大红门（离北平永定门不过三十里）一带，就有晋察冀第十军分区部队活动；西边呢？出西直门不到六十里，便有我们的抗日政权；北面出德胜门，十三陵、昌平、怀柔一带是平北解放区。

所以说，北平敌人的统治半径不到六十里，六十里以外，便有公开抗日政权和八路军，六十里以内，甚而至于北平市内呢？敌人也不敢相信，这里面没有抗日活动。

北平就是这样一个形势，在八路军包围之中。我知道这形势，恨不得马上就到北平。

在涞水冀热察挺进军军部的一间小饭厅里，我们正在吃午饭，一会，从侧面屋子里走出一个年青的军人，个子不高，人很消瘦，但两只眼睛出奇地有神，坐在我侧面吃饭的萧克将军，站起来给我介绍，说：

"这就是谭国华同志。你们今天可以一路走了。"

谭国华同志是平西解放区的九团政治委员，这一次升任平北解放区副司令员，他准备带着一个干部队到平北去。本来他还要晚一点走，准备得更充分一点，但是平北发展得太快了，平北解放区短时间内解放了无数的村镇，纵横数百里没有一个敌踪，前哨部队的电话线可以一直通到了司令部，中间不必经过转接。需要派司令去，更需要大批的干部去工作。

到平北解放区要从平郊走，而我要到北平去，萧克将军上午就给我谈好了，和谭国华一块去平郊，我到平郊部队，然后到北平城里去。

一见到谭国华，我好像早就认识了似的亲热地谈了起来。他问我准备好了没有？正是秋凉天气，我穿一身单军服，带一床被子，就什么也不需要了。所有我的东西，都在军部里保存起来了。

吃完饭，队伍集合了，萧克将军把我们送到门外，谆谆地告诉我们：在路上要注意侦察警戒，特别是通过永定河封锁线，要注意敌情，到了平郊，先打一个电报来。

干部队就集结在村口树林里，约莫不到一百个人，谭国华同志走去和大家讲了一些行军当中要注意的事项，检查了一下挂包、干粮、人数，便沿着拒马河边的石子路出发了。

拒马河是在两山怀抱之间冲出来的一股巨流，河面虽阔，然而不深，两旁是稠密的棒子地。沿河走了一段，前面的人停下来，解开绑腿带，脱下鞋子，在渡河了。在棒子地里有一条人踩出来的抄道，从这儿走过，便进入一条深邃的山谷，横在我们前面的丹翅岭。

过丹翅岭，到×××村，那儿驻扎着九团的侦察连，是一支很精悍的队伍，这次担任着护送我们的任务。我们进村时，暮色已从山野里升起，快断黑了。

侦察连给我们准备好了茶饭，吃了之后，各人便打开背包睡觉，准备明天拂晓前进。

消灭路上的障碍

侦察连是九团各营的侦察班和团部里的侦察排组织起来的，不仅战斗力强，火力也强：全连有四挺轻机枪，一百多条步枪，百分之七十以上是缴获日本的三八大盖枪，而徐连长是长征以来——在雪山草地战斗过来的老战士，他具备了一个连级指挥员的优良品质：勇敢、灵敏、机警，对敌人无情，对部下和蔼。

天还未亮，徐连长就把侦察员派出去了。在黎明前的黑暗中，我们进早餐。

×××村是丹翅岭下的一个小村庄，从这个村庄走出去，翻一个山，便是野山坡，这是一条八九十里的大山沟，左侧的山那边是杜家庄斋堂一线的大沟，现在被敌人占领着。从斋堂到北平已修好了一条汽车路和一条轻便火车路，从西直门、三家店，过清水涧到斋堂。斋堂，平西解放区的产煤区，敌人占领这儿，一面企图控制平西，一面想开采煤矿。

野山坡是根据地，我们很快地通过，快走出这深远的大山谷时，队伍在一个小山庄隐蔽起来，侦察员到公路上，侦察情况去了。

我们在沟口封锁住消息：一切的人员只准进，不准出。傍晚，侦察员回来，并且带来了两个"老百姓"。这"老百姓"不仅是"良民"，而且是敌人的"探子"，敌人知道我们出动，派他们出来探听消息。汽车路上给我们侦察员捉了来。侦察员把他们身上的良民证等交给了徐连长，因为急于要出发，就把这两个探子交给村公所，派人送到后方去处理。

封锁了消息，又捉住了探子，这样，把敌人的耳目给蒙上了。

晚上九点钟，我们出发了。

天上，没有月光，没有星光，暗得很。走了约莫七八里路，我们才慢慢辨别出路和附近的事物来，在面前张开的是一片河滩，一泓清水在黑暗中发着亮光。河边是一条汽车路，沿河并行，到沟口的时候，汽车路架着桥，跨过去，向清水涧伸展去。我们用着旅次行军的速度，以四路纵队从桥上走过去，斋堂和清水涧的方向，已有侦察连派部队警戒了。

出乎意料之外的平安和顺利，我们若无其事地过了斋堂封锁线，因为没碰到任何意料中的事发生，反而感到有些空漠。

走了三十里地，我们便休息下来。

本来过永定河封锁线是从×庄走的一条大道，——平郊和平西来往的人员都是走这条道，谭国华同志因为在斋堂捉住了敌人的探子，估计敌人会在路上伏击我们，而伏击地点最好是河边，在这种劣势情况之下，我们会受损失的。他另外又调查出一条路线，要经常在敌人据点十里地附近走，而渡河点只离敌人八里地。谭国华和徐连长商量之后，决定走这条路。敌人绝想不到八路军会贴着他们据点附近走的，并且从来没有过。

队伍就在爱护村里穿来穿去，在敌人压迫下的人民，看见我们，有一种会心的微笑浮在脸上，好像有无数的话要给我们说，我是懂得他们要说什么话的。但看见我们走得那么匆匆，他们没说什么，只是笑。一个老头衔着一根长长旱烟袋，走过来，拉住我，拍拍我的肩膀说：

"你们还要走吗？不在我们村里住下来？"

我告诉他我们有别的任务，他有点气馁的神情，但旋即把嘴里的旱烟袋摘下来递给我，颤巍巍地说：

"同志，你抽一口。"

我不管烟嘴上垂得有一丝口水，接过来吸了一口，他高兴地把烟杆收回，掉过头去，把他背后墙上的敌人标语图画扯下来，撕得粉碎，流着眼泪说：

"你们快来啊，在鬼子手下，咱们实在受不了啊？"

我们顺着山地的爱护村边缘走过去，山势渐渐倾斜下来，前面山头上忽然留下了一班人，附一挺机枪，我以为有什么情况，走到前面去，才知道山下就是永定河了。这一班人是留在河道边警戒的。我们走到河边，有一排人早已过了河，占了对面的山头。我们一下山，立即打开绑腿带，脱下军裤，把衣服扣在脖子上，左手提着鞋子，右手一个拉着一个，哗哗地从河里渡过去。

这时已近黄昏，河对岸山顶上的人家，烟囱已冒烟了。明天几乎要在敌区穿行，夜里多煮了小米饭，早上吃了，每个人又用茶缸子和碗装了一碗，塞了又塞，装得满满的。中午我们到了宛平县四区，区政权不公开，在流动中进行工作，但在山腰的一个小庄子里我们遇到了区游击队。打听一下情况，知道这两天敌人没有什么行动，谭国华司令员决定在那个山庄子里吃午饭。每个人从饭包里拿出干粮来，席地而吃。侦察连在我们右侧几家人家里休息。他们前面是一条公路。

谭国华同志拿着望远镜到各个山头上去瞭望，突然，他匆匆跑到徐连长那儿去，接着枪就响了。正在吃饭的干部队，马上集中起来，到侦察连那儿的树林里待命。

这时，一个个战士，端着枪，曲着背，向山下跑步冲过去，子弹在头上雨点子似的落下来。战士们就在弹雨下冲过去，有的来不及跑，就从崖上跳下去，一会，我们的机枪响了。侦察连从三路冲下山去，徐连长跟中间一路冲下去。接着是一阵稠密的枪声和手榴弹声。

　　我和谭国华同志走到前面去，他把望远镜递给我向下看，但是看不见，为山峦遮住了。约莫二十分钟后，徐连长笑嘻嘻地带队伍上来了。

　　走在前面的，簇拥着一个"满铁"（满洲铁路株式会社简称）的伪军，衣服已给树枝扯破了，露出大腿和胸脯来，满脸都是泥土。原来刚才是一小队敌人和伪军，企图占领这座山，伏击我们，堵住我们的去路。谁知我们先到一步，就遭遇上了，徐连长带队伍下去把百十来个敌伪击溃了，死伤了七八个，俘虏了这个伪军，缴了六支步枪，战士们都放声笑了。

　　集结了一下队伍，便下山了。山下那条汽车路，是从北平通绥蒙的，因为被游击队经常袭击，这条动脉便麻痹了。我们过了汽车路，爬上对面三神庙时，镇边城据点里的敌人，集中好几挺重机枪，封住了我们的去路。我们的路，恰巧在他重机枪有效射程以外一点点，子弹无力地落在胸脯附近。徐连长拍着我们，指着镇边城说：

　　"有本事下来，堵住我们的路，就消灭你。"

　　但敌人不敢出来，他们大约从刚才被击溃的那一小队得到了经验。

妙峰山下

　　从平郊游击队的后方，我们知道平郊主力在妙峰山下的涧沟村。

大家急于要赶去，在路上也没休息，便向前走了。

到了涧沟村，在一家老百姓家里，碰到独立营的张金华同志，才知道平郊部队有好几部分，田营长带一部分在上下苇甸一带，温泉大觉寺一带有平郊游击队和反正过来的大刀队；另外还有一部分是反正的"满铁"张保正部，在镇边一带活动，张金华同志自己又带一部分。从兵力名称和地区上看像是很分散，然而指挥起来却是统一的，灵活的。集中起来是颇为不小的战斗部队，分散开来，又不易捉摸了。老百姓给这地方的八路军一个名称：叫做"神兵"。因为敌人捉摸不定八路军在什么地方，有时好像很远，有时忽然就在据点内外出现。

最近他们袭击离万寿山十多里地东北旺村、西北旺村的敌伪，刚回来休息，他们缴获了五支步枪、六辆脚踏车和三袋子白面。我很奇异在敌人那样巩固地区如东西北旺村，居然出现了八路军。但张金华同志告诉我，说八路军最近还袭进了三家店，这是离北平不到二十英里的一个车站村子。并且我们的管理员有时可以到海淀去采买东西，有一个时期能够带枪进入北平。遇到城门口伪警察要良民证时，就拍拍枪告诉他："在这里。"伪警察一摸，笑笑，便让进去了。但这事不经常，而且很难保守秘密，让日本宪兵知道了。

一次，日本宪兵走出城去，把他身上的手枪埋在一个卖白菜的筐子里，叫卖菜的进城，他想考验一下伪警察。卖菜的挑到城门口，低低告诉伪警察说里面有枪，伪警察于是乎装出仔细检查的神情，当然马上就把枪查出来。很生气，指着枪要打他。这时日本宪兵上来，说明是他的，把卖菜的放走。日本宪兵于是很信任伪警察，而且信任在这样检查之下，没有人带枪进城。

我听张金华说得简直神往了。他又说：住在宛平县境的老百姓，一切讼案，伪宛平县政府判了，都等于废纸，人民要到我们抗日政府里来，这个判决，双方才算是正式的。如果我不是亲自到了平郊，别人给我说，我简直会否认的。我们的抗日部队和政权竟然发展到北平城附近了。

张金华同志为了庆祝我们顺利到达平郊和谭国华同志前去开展平北工作，他打开一瓶沙河的竹叶青，给我们斟满了一杯，碰了杯说："祝我们早日在北平城里相会！"

涧沟村离妙峰山顶五里地。喝完酒，谭国华和我的兴致都很浓，似乎一天行军的疲劳都忘了似的，走出村，就向妙峰山上走去。张金华同志虽然常上山玩，但也陪我们一同上去。

"夕阳无限好"的时候，我们到了山顶。金顶妙峰山在群山环抱之中，背后是苍郁的树林，前面通过伏在脚下的山峦是一望无边的平原。一条永定河把平原分成两半，南面数十里外，隐隐看见一条带子跨过河去，那是卢沟桥。一会，一列火车过去，古老的卢沟桥更显著了。向东望去，在茫茫的暮色中，忽然闪起一片灯光，无数的电灯连成一片。张金华同志告诉我：

"那就是北平！"

大家都集拢来，看在黑暗统治下的灯光。张金华拍拍我的肩膀说：

"明天这时候，你在城里了。"

进入北平

早上我换了便衣，张金华同志派了三个侦察员送我去×××村。

谭国华他们要休息一天，明天晚上过平绥路去平北，我们相约在北平再见。

到×××村，在北平做地下工作的同志，已给我们准备好了一切应该具备的手续，他好细致地告诉我怎样进城，进了城应该注意些什么事。我的服装给他审查了一下：结论是不像，于是换了一件合身的长衫，浅圆口布鞋，给我一把扇子。然后他才满意了，说我有点像北平城里的一个商人了。

我的语言也经过考核，并且考了几个名称的说法：比如称"北平"要称"北京"，见了人要叫"先生"，不能漏出"同志"两个字来（在解放区叫惯了。有一个同志到敌区去，因为称呼一个生人为"同志"，差点出了岔子）……诸如此类。

他陪我一同走，一进敌区，经过××岗楼前面时，验过居住证，不由紧张起来，仿佛什么人都在望着我，而我态度更不自然：见了敌人和伪军马上就有意把脸掉过去，一则是一种仇恨心理，不屑看他们，一则是怕马上被他们发现出来，幸好那把扇子救了我。天气并不热，我一直却在扇扇子，这才镇定下来，走了一段路，慢慢有点习惯了。

走入敌区的腹地，倒反而松下来，也没人盘问，也没人检查。当然地下工作同志，他是很熟习什么地方盘查得紧，什么地方走起来不便，也是一个原因。

快到西直门时，远远便看见城墙上的巨大标语，"建设东亚新秩序"，城门楼上是横幅中英文大标语："打倒英美"。这时，那个带我走的同志，他稍为走到前面去一点，进城门的时候，好暗示我怎样做。我见他从身上把居住证掏出来，我也掏了出来，捏在手上，随着一长列的行人顺次地走去。原来前面就是检查的地方。我见他很恭敬地把居住证递给伪警察看，我也照样递过去。伪警察对了对相片，忽然注视我起来了。我心里想：难道就这样被发现了吗？但旋即把居住证交给我，一挥手，叫我走了。后来一想，才知道我没有理发，不整洁的过长的头发，遂引起他的怀疑。

进了城，正好一路电车开到，我们马上搭上电车投向市中心去了。

转眼之间，回到后方来已经两年多了，但记忆却还新鲜，深深印在脑海里，特别是那个老头的话和希望，战士们的勇敢，平郊神话一般的事迹，和谭国华、张金华的约会，——这些，都时时在我记忆之海里浮起。

听到日本无条件投降，八路军冀中部队进抵南宛和宛平垡里车站一带，西郊的部队也已前进了，我好像过去跟随着聂荣臻、萧克、谭国华他们一同进军一样，现在又仿佛看见他们在指挥着大军进军了！沦陷区的同胞们，你们八年的痛苦和屈辱，今天得到解放了，你们的希望终于实现。

在此，我谨向前进解放敌区的人民军队致敬。

124~137

附录　地道战

附录 地道战

一、历史的车轮，在新的轨迹上前进着

被称为中国"乌克兰"的冀中区，不仅是华北以至于是全国最富庶的地区，而且拥有广大的人力和物力，成为一切战斗力量的泉源。冀中区是全国敌后斗争最尖锐的地方，同时，也是斗争最残酷的地方。

它的周围有四条被敌人掌握住的交通干线：平汉、津浦、北宁、和石德线；这四条干线的起讫点和交叉点的重镇有北平、天津、石家庄、德州。这四个城市就位置在长方形的冀中区的四角。这些主要城市和主要交通干线，在政治军事经济交通等方面，都有着它的特殊意义。

敌人对这个地区不放松的。敌人点线占领了冀中以后，曾遭受了军民的攻击与破坏，推翻了敌人"以战养战"的企图，打破了他的"迅速肃清平原"的迷梦。于是乎新的残酷斗争开始了！由点线向面的发展。他的"确保占领地"的计划是，每个据点预计在一定时期内，把四周一定范围的地区的村庄，变为爱护村。首先以据点内的敌伪反复"扫荡"，实行抢掠烧杀的残暴破坏，配合以欺骗和利诱，使人民屈服，派联络员，建立爱护村。此后，又将这军事重点，伸向新的更远的地区。在已建的爱护村，军事就放次要地位，用少数敌伪军和宪警不断出动，破坏党政民的组织，捕捉我们工作人员，从事所谓军事政治交通建设工作，而达到"确保占领区"。

从其占领区，又向我区发展，把我区用相连之线分成两块，将点线内之面，作为其清剿区，以点线封锁和切断党政军民工作人员的进入，而清剿区之周遭边缘，就建立据点岗楼，进行清剿和扫荡，达到其"确保占领区"。

这就是敌人的蚕食政策。

在一九四四年以前，敌人在冀中的大平原上，建立了一千五百多个据点，这还不算；在他占领的点线面之间，又纵横地建筑封锁沟、封锁墙，限制了我们工作人员活动的空隙。而据点与据点之间的最远距离，不到十里地，敌人两个据点之间，或两个岗楼之间的火力，可以封锁住任何一个交通要道。

敌人的阴谋，是企图使冀中解放区变质，真正达到他所梦想的"确保占领区"。

不错，在新的激变下，一部分主力部队转移了，政府和群众团体从公开转入秘密，人民的武装也遭受到摧残……然而斗争并不曾停止，也不是退却，而是转入了新的斗争方式。

新的斗争方式，要求人民游击战争更加广泛的开展，要求新的创造。

历史的车轮，在新的轨迹上前进着。

英勇的军民，依然在大平原上斗争着，经过两年的搏斗，不仅恢复了组织，而且巩固了组织；不仅巩固了解放区，而且扩大了解放区。

这由于什么力量呢？

人民。

人民以自己的血肉之躯，筑成了新的长城，挡住了一切的摧残和迫害，站稳了阵地，扩大了阵地。即连华北敌派遣军作战主任在广播里也不得不承认：

> 惟冀中地区为平原，如以大兵团攻击，不难将之覆灭。然彼等如何确保此等地区？第一，是完全人的组织，军与农民混成一片，组织极为坚强。第二，将一望千里之冀中平原，由农地变为阵地，因之，成为最大焦心者，即为交通问题，彼等令我军行动困难，对主要道路破坏，不仅使我军不能发挥能力，彼等以交通壕，互相联络，其中且可通行车马，又在村落间有长一〇〇〇至三〇〇〇米达之地下道，无论何处都可通行，彼等之军事、政治、经济互相间都有完善之组织，战阵地带可依此等组织，长期间对抗日军攻击，此乃为彼等之战法也。

战胜狡黠强大的敌人，是各方面力量的总和。在这篇文章里，我只想先谈一谈地道战，——这是人民游击战争中的斗争新形式，表现了大平原上人民光辉的创造力。

二、地道的发展

远在民国十一年，河南督办张锦耀的第十一师队伍，开到冀中高阳县。看到冀中那么富庶，而高阳更是一个富庶的商业区，就不想走了。官不肯走，兵当然也不走，一到夜里，成群结队地到处抢劫。十一师是新队伍，路途不熟，他们在城里竖起了一个高竿，上面挂一个红灯笼，这样，抢完了，看着那个红灯笼的方向走去集合，准没错儿。有钱的人上蠡县去了，但是穷人也要被抢，人民于是组织起联庄来自卫，男的就和这些名义上被称做军队的土匪作战，女的则挖洞躲起。这时是用小筐子提土，笨的很，洞也是个别的人家有，不普遍。

十一师给打走了，洞就撂下了，藏藏东西。到"七·七"事变，鬼子来了，村里有的人不走；鬼子走了，他们就出来了。大家很奇怪，实际是他家有地洞，不怕。

这是人民为了"防匪"发明了地洞。

但冀中有地洞，却在更远以前。高阳有个教书的老先生，他知道当年窦尔墩从高阳小良口到边渡口，曾挖了一个长约六十里的地道，是用砖砌的。抗战后，他也用了这个法子挖了洞，土没有地方出，就出在他所教书的小学堂里，垒成一个教师坛。村里有人很奇怪，哪儿来了一个教师坛？老先生保守秘密，没说出来。

这时的地洞，只是个别的在挖，还没有形成一个群众性的运动。

群众性的地道斗争是这样发展起来的：开初，敌人来了，就跑到村外的洼地里去躲起；一九四〇年后，敌人扫荡频繁了，单躲躲是不济事的，跑到村外，就挖土窝窝，上面盖着草，敌人不到，是看不见的。后来觉得不如挖深一点，上面不还是可以种庄稼吗？带了木板去，挖得更深。有的人进一步在坟墓里挖成洞，钻进去，躲在里面。安全倒是安全了，不过坟究竟是有限的呀，容纳不了大平原上的八百万人民。不久，大平原上就出现许许多多的新坟，有眼子，可以露出头来，瞭望敌情。敌人扫荡包围时，在村子里找不到人，就"拉大网"，到村外野地里找，敌人对这做法，叫做"赶兔子"，村外站不住了。

敌人不在村里找，人民就回到村里来了：进村挖地洞，先只是在街上挖，五家共一个洞口。敌人常常突然袭击包围，快得使村里人来不及下地洞，改为一家一洞，洞口从街上移到家里来了。

这是死洞。

然而是未来地道斗争的一个有着决定作用的起点。

死洞是很危险的。当敌人进村时，就到处搜寻痕迹，手里拿着二寸粗细的有一二丈长的铁棍，到处敲打，如敲透地面，或有回声，说明下面有洞。这样，有些家庭的地洞被破坏，捕捉到人，遭了损失。由此得到经验，死洞是不行的，要活洞。

于是这家地洞和那家地洞通起来了，可以从一个洞口钻入，由另一个洞口钻出，当敌人围住这一家进行搜索时，便能够从另一家洞口走脱了。但是敌人包围整个村里，进行更细致严密搜索时，仅仅两家或者是几家地洞相连，也不能够适应新的斗争需要了。两个洞口的活洞，自然感觉不够。新的地道，出现了，它将一个村庄和另一个村庄，在地底下联合起来了。地底下出现了新的城市，出现了新的阵地。

三、内部构造的轮廓

地道的修筑，远较那平原上改变地形的挖沟运动是更加浩大的工程，所需要的人力物力，据一般的估计，一个村需要修筑地道，要动员全村大部分劳动力参加，需要一个月的时间，并且一个顶棚所用的木料，竟需要到一二千元之多。像这样的消耗，人民为什么乐于负担呢？

人民政治上的觉醒，坚决不当敌人的"顺民"，和敌人进行顽强的斗争，固然是主要原因，另外一个原因也不可忽视，那就是经济原因。

让我们来看一看一个资敌村庄的例子吧。

藁无县的赵庄，在资敌的半年期间，被征田赋一千六百元，大闺女费（以免敌人奸淫）四百元，保甲费七百八十元，照相费（良民证上的）三百元，训练费二百元，伪军雇佣费（代替青年壮丁）二百四十元，罚联络员费四百七十元，门牌费七百八十元，土木工程费三千二百四十元，标语被撕毁罚款四百二十元，每月给岗楼据点，送鸡蛋、酒、肉十余次，每次百元，半年共费六千元；此外，前后送鸡五百余只，猪十五条，车子一辆，马一匹，棉花千余斤，修岗楼要砖二十三万块，合需二千五百元；过节要红方桌十余张，凳子五十余条，椅子十五把；其他尚有要粮食、木料，强迫订购伪报等，总计半年内，每亩平均负担，将近四十元之多。

从赵庄这一村对敌的繁重负担上，回答了为什么人民不惜以巨大的人力和物力来修筑地道了。因为修了地道，人民能够生产，生产的收获，较之修地道所费不知多了多少倍，并且还可以免去对敌的这种繁重的费用。

许多村庄在干部领导竞赛号召之下，有组织有计划的进行了地道的修筑。地道修筑的形式样，洞口的设计，有各种各样，据不完全的统计，有一百多种，如在任丘的××庄，他们地道修筑是这种形式的：每六人为一小组，每天挖三丈，每隔若干丈，挖一深八尺，长六尺，宽三尺之口，而后由内向外掏土；一般的高四尺，人可以在里面屈背而行。宽三尺，二人可以侧身通过，洞顶离地至少三尺，这样可以不影响到耕种。村内地道，就在街上挖，与各村相连的，就在野地里通过，挖的时间定在下午，一般的到半夜停工，在竞赛号召之下，分段分工进行得很快。

地道内设有大量的通气孔和出入口，这些出入口大半安置在秘密地方，使敌人不易发觉，只有这一家人知道，当斗争进入更残酷的时候，谁挖的地洞，只有他本人知道，什么地方有秘密的洞口和通气口。地道内挖有许多大大小小的掩体（秘密洞），构筑更为坚固，通气孔也开得更多一些，这是当发生情况时，人民掩藏的地方。地道内还挖有许多迷惑洞（又叫做欺骗洞），在地道转弯处，分开若干岔路，有活路也有死路，又利用枯井与地道相通，造成许多"陷阱"，一经跌入，便无法逃走。地道的各个洞口，挖下深坑，坑内插着尖刀，或者埋上地雷，上面盖上翻板。当人民进入地道之后，即抽掉翻板，即使被敌人发觉，追踪下去，因为抽掉翻板，敌人下去，不是中了刺刀，就是中了地雷，在里面送掉性命。敌人是不敢随便下地道的，叫伪军下去，伪军也不敢下去，纵然下去，他是很怕死的，一到下面即自己高声报告："我是伪军……"那意思是叫下面人民不要处死他，这样，他虽然不死，但也不会再上来当伪军了——投诚了我军。

地道中间，都挖有凹凸过门，叫做"子口"，狭小得只容一个人匍匐通过，只要有一个人拿一根棍子便可以守住，真是所谓"一夫当关，万夫莫挡"的险要去处。每家的地洞，每村的地洞，如果没有熟习的人领着，不但是走不进去，纵或万一让你碰进去了，也碰不出来的！村与村的地道，有"接合部"，到接界处，过村时即由另村负责领导。甲村的人如到乙村，吃饭时，付粮票，每日计算，由政府用粮食来调剂。

每个"子口"之处，并有防毒设备，一经发现毒气，即可放下吊板，用土堵住。另外洞中通有枯井，敌人即使放水，也不在乎，所有的水便会从枯井流掉。

地道内部每隔相当距离，便有一个大洞，能容一二百人，有人洞，有畜牲洞；大洞里经常放有熟食、开水、灯火、被盖，还有厕所，在里住个几天是不成问题的。村里地道之间，和各村相连之地道，又有很轻便的通讯联络，一拉铁丝，铃声即响，从铃声多少，即可传达敌人多少，互通情况。

地道洞口和顶上，遍处埋有地雷，使得敌人无从下脚，一触即死。万一敌人到了洞口，洞口还有武装警戒，隐蔽在旁边的掩体内，专门守候到地道来送死的敌人，第一是：敌人下不去；其次是：下去了，就上不来。

村庄与村庄之间，地道是贯通的，纵横交错，构成地下的惊人的地道系统，在地下创造了攻不下的堡垒，使得在地面上被敌人占领和分割上千上百的村庄，在地下，这些村庄连成一气了，造成地下城市的新面貌。敌人称蠡县的三区有两个：一个是地上三区，一个是地下三区，敌人对之却总是束手无策！

有了地道，不仅人民可以生产，工作人员可以坚持工作，民兵能够坚持斗争，进一步，可以打击敌人，坚持了平原的游击战争，开展了平原游击战争的新形势。

四、血债是要用血来偿还的

地道斗争是平原人民游击战争的产物，这一新的斗争形式，是带有很浓厚的群众性的，如地道不普遍开展，只是个别地区有，而这个别地区的地道斗争又是孤立的，那它不但不能够发挥其应有的辉煌作用，有的时候就会遭到不应有的损失。

像定南县北垣村的惨案，是应该深深记在脑海里的。

在地道战发展初期，定南县的地道还不普遍，虽然北垣的地道修筑得很好，但也无济于事。一九四二年五月二十八日，敌人从定县的于位、新营、市庄等据点出动了三百多人，向北垣村一带大举合击。北垣村附近的村庄，大半都是没有地道的，于是东西赵庄等十多个村庄的人民，都向北垣村的地道里去隐蔽，没有秩序，情形很紊乱。上午八时，敌人开始向北垣村进攻，县游击队和民兵做了五小时之久的顽强抗击。敌人将要接近村庄时，游击队和民兵准备入地道继续抵抗，但当时地道内的秩序甚为混乱，使得他们无法展开兵力。

因为地道内缺乏组织，道口也没有必要的武装警戒，附近各村群众涌入地道的时候，没有详细的检查，给汉奸混了进来，到处造谣，使群众不知所往，拥挤在道上。县游击队和民兵既然没能展开兵力，有效地打击敌人，而村内又没有广泛的布置地雷等爆炸物，地道顶上也没有埋设地雷，使敌人得以从容挖掘。敌人从地道顶上掘开一个口子，放进了大量的窒息性的毒瓦斯，于是八百个赤手空拳的妇孺老少、被毒瓦斯窒息而死，无声地躺倒在地道里了。

八百人虽然倒下来了，但是平原上八百万人站起来了，伸出一千六百万双手[①]，向敌人讨取这鲜血淋淋的债务！

血债是要用血来偿还的！

五、辉煌的胜利

从北垣村惨案，平原上的人们，得到了经验，得到了教训，他们学会了怎样运用地道这一斗争形式来和敌人搏斗。

由于地道斗争的广泛开展，即连在据点上周围的村庄，人民有了退避依托之所，工作人员有了凭藉，可以大胆进行工作。

例如政权工作王同志，在一老百姓家里住着，发觉敌人要到这村来。房主告诉他不要紧，屋内有个地洞，但未说明在何处，就匆匆

———————————
① 原文如此。整理者注。

出去观察敌情了。一会，一个敌兵来搜索院子，王同志被发现了。但是只是一个敌人，不敢进入，更不敢对他处置，那个敌兵回去报告，很多敌人来了；可是依然不敢进屋，就叫老乡先进去。老乡进去，见王同志没钻洞，连忙掀开洞口，让王同志爬进去。这个洞口原来是在墙壁上，把墙挖一个窟窿，再用和墙一样颜色的假壁封好，谁也难以看出的。老乡把洞口封好，出来告诉敌人里面没有人，敌人不信，进去一看，果然没有。敌人把老乡吊起来拷打，说他家有地洞，敌人到处搜索，用脚在地上踩，却无痕迹。王同志入了地洞，转移到别村去了。而敌人见到处搜寻没有地洞，也就只好算了。

这是地道消极作用的一面。

民兵斗争和地道斗争结合，从单纯的防御，进而为积极的进攻。

试以大曲堤村为例。

大曲堤村得知了莘桥据点的敌人要出动，这个村庄的民兵就决定：如果只有一路敌人来，就打，要是数路呢？就转入地道。敌人只来了一路，民兵就迎头痛击，整整战斗一小时，打得敌人摸不清情况，死了四个敌人。附近各村的民兵听到这个消息，都全体出动，前来增援，到处是枪声和土炮手榴弹的声音，敌人终于狼狈溃退了。

这之后，敌人出动，大曲堤村的民兵，首先在村外打击敌人；要是抵抗不住，就转移到村边的高房顶上拿手榴弹爆炸物打击敌人；如果敌人冲进了村子，又占领了街口，民兵就由地道下面转移到中间村的高房子上面，继续打击敌人。要是敌人也上房，把民兵包围起来呢？民兵就由地道转移到另一个高房，跟敌人斗争。倘若这样打不行，民兵就从地道转移到村外，一方面坚持地道口，一方面从外线袭击敌人。这样，有了地道，可以出没无常，纵横自如，敌人对平原上的人民就无可奈何了。

地道斗争的开展，倘若只是作为退避之所，离开了武装斗争，那会成为消极的逃跑主义。地道斗争和爆炸运动结合起来，就丰富了游击战争的内容，创造了更加生动的游击战争了。

一九四二年五月大扫荡的时候，敌加岛大队长，率领了七百多名步兵，向藁城××一带围攻，事先我们得到了情报，民兵就配合县游击队和一个连的正规军，动员布置。一部分武装依据村庄土岗与坟地迎击，其余的则在村内准备，群众进入地道。有组织地到各个掩体内隐蔽，干部和民兵在地道内来往指挥。村边、街口、地道顶、草堆中、房屋里……到处都埋了地雷。村外武装给敌人以大量杀伤之后，敌人才拼死冲到村口，马上踏响了很多地雷，炸得敌人尸骨横飞。这时，我们武装部队已上了高房，又用手榴弹向下打击敌人。待到敌人抢占了高房，我部队就入地道，在各个洞口出没无常，不断绕到高房下面，向上投手榴弹打击敌人，敌人受到伤亡，也看不到我之踪影。地道洞口的小掩体内，都有民兵警戒，观察敌情，守卫洞口。通讯员提着小灯笼，往来联络，指挥部则发布命令，不断袭击敌人。这样不断打击之下，敌人已经伤亡百余名了。到这时，才发现一个洞口，于是派伪军下去，伪军一进洞口，就被守卫洞口的民兵一枪打死了。敌人马上进行挖掘，企图把地道破坏，消灭在地道下的无数人民和军队。但铁锹一挖，埋在地道顶上的地雷爆炸了，敌人给自己挖掘了坟墓。这时已到黄昏，当夜晚到来的时候，敌人知道更是八路军和民兵的世界了。加岛队长只好垂头丧气，带着残余的队伍，懊丧地窜回据点去。

像这样辉煌的胜利，是写不完的。

六、攻不破的堡垒

敌人累次遭受到英勇军民的打击，地道成为敌人"迅速肃清平原"一个最大障碍，这样，所谓"确保占领区"，便成为纸面上的事实了。

敌人对这个问题感到辣手，而烦恼了。

大队长以上的敌人上天津开会去了。这个会开了两个月之久，会议唯一的课题是：如何对付大平原上人民的地道战。最后，总算想出三个办法：

第一个办法，不要这个地区，但是不行，不仅要继续"占领"，还要"确保"呢！

第二个办法，把这个地区的人民都杀光，这办法，倒的确是很彻底，不过，在没有人民的土地上，大概一个兵也活不了的，何况人民能够让敌人随便杀光吗？连敌人自己恐怕也不相信有这种可能。

第三个办法，是把平原的地道翻过来！一边挖的很深，多余出来的土，就垫高一边，这叫"挖大沟"：二丈阔，二丈深。这办法实行以后，一时，的确暴露了一些地道，也受了一部分损失。

但是，道高一尺，魔高一丈。

新的斗争，产生了新的经验，人民的智慧是无穷的，平原上人们，又创造了新的地道。

什么是新的地道呢？由于军事秘密的缘故，在目前，还不是发表的时候。

地道斗争是平原游击战争中人民新的创造，他在反蚕食斗争中，在巩固和扩大解放区上，起了伟大的作用，在人民游击战争历史上写下了灿烂的一页。

可是要记取北垣村的血的经验和教训。

地道斗争必须要普遍开展，使区村之间形成有机的联系，避免敌人集中力量突击个别目标；地道的修筑要有计划，人民下地道要有组织，避免紊乱和暴露；地道斗争不能孤立起来，必须和爆炸运动结合起来，这不仅是保卫了地道，同时也可以杀伤敌人；地道要和武装结合起来，才能发生大的力量。地道保卫了人民，人民也要在各个道口用武装来警戒，保卫地道。

这样，进可以攻，退可以守，就形成了生动的人民游击战争。

这样，地道就成为攻不落的坚强堡垒！

一九四五，六月十四日。

诗人节。